ESPOSA EN PÚBLICO
EMMA DARCY

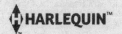

Editado por Harlequin Ibérica.
Una división de HarperCollins Ibérica, S.A.
Núñez de Balboa, 56
28001 Madrid

I.S.B.N.: 978-84-687-7868-6
Depósito legal: M-2988-2016
Impresión en CPI (Barcelona)
Fecha impresion para Argentina: 3.10.16
Distribuidor exclusivo para España: LOGISTA
Distribuidores para México: CODIPLYRSA y Despacho Flores
Distribuidores para Argentina: Interior, DGP, S.A. Alvarado 2118.
Cap. Fed./Buenos Aires y Gran Buenos Aires, VACCARO HNOS.

Capítulo 1

EL rey de las rosas vuelve a estar libre –comentó Heather Gale, girándose para sonreír a Ivy–. Acaba de escoger los bombones de jengibre junto a las tres docenas de rosas rojas para la chica con la que sale. Es la señal de despedida. Ya lo verás. Acaba de tacharla de su lista.

Ivy Thornton puso los ojos en blanco. La jefa de ventas estaba demasiado interesada en las actividades amorosas de Jordan Powell. Ivy lo había visto una vez, brevemente, en la última exposición de pintura de su madre. Eso había sido dos años antes, poco después de la muerte de su padre, y ella todavía había estado intentando tomar las riendas de la empresa de cultivo de rosas sin él.

Para disgusto de su madre, Ivy había ido a la exposición vestida con vaqueros, ya que no le interesaba lo más mínimo competir con las personas de la alta sociedad que iban a asistir a la misma. Por algún perverso motivo, Jordan Powell había pedido que se la presentaran, cosa que había desagradado a su madre, que había tenido que reconocer en público que su hija no se había esforzado nada en ponerse guapa.

Jordan la había mirado con curiosidad, probablemente porque no encajaba con el resto de los presentes, pero el encuentro había sido muy breve. La modelo que iba de su brazo enseguida se lo había llevado, celosa por que le hubiese prestado atención aunque fuese de manera momentánea a otra mujer.

Era comprensible.

Jordan Powell no solo era multimillonario, sino que también era muy atractivo. Tenía los ojos azules y brillantes, era alto y moreno, con un físico perfecto, una voz encantadora y una boca muy sensual, cuyo gesto había sido divertido al hablar con Ivy. Seguro que, con tanto dinero y con ese físico, debía de pensar que el mundo existía para que él se divirtiese.

–¿Cuánto tiempo le ha durado esta última aventura? –preguntó, sabiendo que a Heather le gustaba seguir todas sus relaciones.

Jordan Powell era su mejor cliente.

Heather se giró de nuevo hacia el ordenador para comprobar sus archivos.

–Veamos… hace un mes encargó gominolas con las rosas, lo que quiere decir que simplemente quería divertirse. Ella no debió de entender el mensaje, y por eso va a dejarla. Un mes antes, había encargado los bombones de ron y pasas, lo que indica que estaban en una fase de gran actividad sexual.

–Eso no puedes saberlo, Heather –protestó Ivy.

–Tengo mis motivos para pensarlo. Cuando manda rosas por primera vez a una mujer, siempre las acompaña de los bombones de chocolate. Es evidente que intenta seducirla.

–No creo que le haga falta seducir a nadie –murmuró Ivy, pensando que la mayoría de las mujeres caerían rendidas a sus pies por el más mínimo motivo.

–Supongo que no, pero tal vez algunas se hagan las duras al principio –le explicó Heather–. Entonces es cuando les manda las rosas con los bombones de nueces de macadamia, lo que significa que lo está volviendo loco. Y a esta no le mandó esos.

–Por lo tanto, fue una conquista fácil.

–Yo diría que fue directo al grano –dijo Heather–. Y eso fue… hace casi tres meses. No ha estado mucho con ella.

–¿Acaso ha estado mucho tiempo con alguna?

–Según mis archivos, lo máximo han sido seis meses, y solo en una ocasión. Lo normal es que las relaciones le duren entre dos y cuatro meses.

Heather volvió a girar la silla para mirar a Ivy, que estaba sentada frente a su escritorio, intentando concentrarse en su trabajo, pero sin conseguirlo, debido a aquella conversación, que le estaba recordando la última que había tenido con su madre. Esta iba a hacer otra exposición. Y había vuelto a aconsejarle que vendiese el negocio de las rosas y se marchase a Sidney, a buscarse la vida entre personas interesantes. También le había insistido en que fuese de compras, para que ella pudiese sentirse orgullosa del aspecto de su hija.

El problema era que su madre y ella estaban en dos mundos diferentes, algo que había sido así desde que Ivy tenía memoria. Sus padres no habían llegado a divorciarse, pero siempre habían vivido separados. Ella había crecido allí con su padre, mientras que su madre se dedicaba a sus actividades culturales en la ciudad. La horticultura no le interesaba lo más mínimo y siempre había insistido a Ivy para que dejase aquello y disfrutase de la vida asistiendo a innumerables fiestas.

Pero Ivy adoraba la finca. Era lo único que había conocido, el lugar en el que se sentía cómoda. Y había querido mucho a su padre, que le había enseñado todo lo que sabía acerca del cultivo de rosas. Era una buena vida, que la hacía sentirse satisfecha. Lo único que le faltaba era un hombre al que amar y, lo que era más importante, un hombre que la amase. Había creído que lo había encontrado…, pero Ben no había sabido apoyarla cuando más lo había necesitado.

—Eh, tal vez vuelvas a encontrarte a nuestro donjuán en la próxima exposición de tu madre. ¡Y esta vez estará libre! —exclamó Heather arqueando las cejas varias veces.

—Dudo mucho que un hombre como él se presente solo —replicó Ivy.

No obstante, Heather siguió barajando todas las posibilidades.

—Eso nunca se sabe. Apuesto a que le harías girar la cabeza si te soltases el pelo y te arreglases un poco. No es frecuente ver una melena pelirroja como la tuya.

—Aunque lo hiciese, ¿crees que Jordan Powell se interesaría por una chica de campo? ¿O que a mí me interesaría ser la siguiente de su lista de enamoradas?

Sin inmutarse, Heather ladeó la cabeza y se quedó pensativa. Era brillante en su trabajo, además de una persona agradable por naturaleza, y a pesar de tener dos años más que Ivy, casi treinta, edad a la que pensaba tener un bebé, se habían hecho muy amigas desde que Heather se había casado con Barry Gale, que estaba al frente de los invernaderos.

Heather había querido trabajar también allí y, dados sus conocimientos de informática, era muy útil para el negocio. Ivy daba gracias al cielo de que Heather hubiese aparecido justo cuando más necesitaba que la ayudasen con el trabajo de oficina. Después de que a su padre le diagnosticasen un cáncer inoperable, habían pasado una época muy estresante en la finca. A pesar de saber que su enfermedad era terminal, Ivy no había estado preparada para su muerte. Sin Heather, el dolor y el vacío que había quedado en su vida, le habrían impedido mantener la reputación de la empresa.

–A mí me parece que a Jordan Powell le vendría bien una experiencia nueva, y a ti, también, Ivy –continuó Heather divertida.

Ella se echó a reír.

–Aunque llamase su atención, conozco sus antecedentes.

–¡Exacto! Mujer prevenida vale por dos. No te romperá el corazón porque ya sabes cómo es. Hace tres años que no te tomas unas vacaciones, y más de dos que no sales con ningún hombre. Estás aquí, malgastando lo mejor de tu vida trabajando, y si vegetas durante demasiado tiempo, luego no sabrás divertirte. Apuesto a que lo pasarías estupendamente con Jordan Powell. Yo creo que merece la pena intentarlo, aunque sea solo para tener otra perspectiva de la vida.

—Todo eso son castillos en el aire, Heather. No me imagino a Jordan Powell rondándome, aunque llegue solo a la galería —se encogió de hombros—. Y, con respecto a lo demás, estaba pensando en hacer un viaje ahora que las cosas están tranquilas por aquí. Ayer le eché un vistazo a la sección de viajes del periódico y…

—¡Eso es! —gritó Heather triunfante, poniéndose en pie de un salto—. ¿Todavía tienes el periódico de ayer?

—Está en la papelera.

—Vi algo perfecto para ti. ¡Espera! Voy a buscarlo.

Unos minutos más tarde, Heather le estaba enseñando las páginas de moda del periódico.

—Hablaba de irme de vacaciones, no de comprarme ropa —le recordó Ivy.

Heather golpeó con el dedo una fotografía de una modelo con una chaqueta negra cubierta de lentejuelas y un cinturón ancho de cuero, una minifalda rosa también con lentejuelas y unos zapatos de plataforma negros.

—Si te pusieses esto para la exposición de tu madre, todo el mundo se quedaría de piedra.

—¡Ah, claro! ¿Una falda rosa con mi pelo naranja zanahoria? Estás como una cabra, Heather.

—No, no lo estoy. Seguro que la hay en otros colores. Podrías comprarla en verde. Iría a juego con tus ojos. Te quedaría genial, Ivy. Eres lo suficientemente alta y delgada para ponerte un conjunto así —

insistió Heather–. Y mira los pendientes largos. Te quedarían estupendos.

–Todo esto debe de costar una fortuna –murmuró ella, imaginándose con aquella ropa, pero consciente de que no tendría otra ocasión para volver a ponérsela.

La finca estaba a cien kilómetros de Sidney, en un valle en el que todo el mundo vestía siempre de manera informal.

–Puedes permitírtelo –continuó Heather–, después de las ventas del día de San Valentín. Aunque vayas a ponértelo solo una vez. ¿Por qué no? ¿Acaso no te ha dicho tu madre que quiere que te arregles más para esta exposición?

Ivy hizo una mueca al recordarlo.

–Para que no desentone.

–Bueno, pues dale una sorpresa. Y sorprende también a Jordan Powell si aparece por allí.

Ivy se echó a reír. Ambas cosas la tentaban.

Su madre, Sacha Thornton se quedaría boquiabierta si la veía así vestida. Y tal vez dejase de darle consejos y de hacerle críticas cada vez que se veían.

Y con respecto a Jordan Powell… no estaba segura de que fuese a asistir, pero… sería divertido ver si podía atraer al hombre más sexy de Australia. A su ego femenino le sentaría bien.

–¡De acuerdo! Métete en tu ordenador y averigua dónde puedo comprar esa ropa –decidió Ivy.

–¡Sí! –dijo Heather, levantando el puño en el aire y agarrando el periódico antes de volver a su silla mientras entonaba la canción de Abba–: *Take a chance on me…*

Ivy no pudo evitar sonreír. Si iba a hacer la locura de ponerse aquel conjunto, tendría que conseguirlo lo antes posible para poder practicar a andar con aquellos zapatos. La inauguración de la exposición tendría lugar ese viernes por la noche, con un cóctel a las seis de la tarde. Solo le quedaban cuatro días y medio para prepararse.

Capítulo 2

JORDAN Powell estaba sentado a la mesa del desayuno, hojeando las páginas de venta de propiedades del periódico mientras esperaba a que Margaret le sirviese unos huevos fritos con beicon perfectos, que no hacían tan bien ni en los mejores restaurantes. Margaret Partridge era una joya, un ama de llaves meticulosa y una fabulosa cocinera. Y también le gustaba de ella que fuese tan sincera. En general, le merecía más la pena mantenerla que a Corinne Alder.

El delicioso olor a beicon recién hecho le hizo levantar la vista y sonreír a Margaret, que acababa de entrar en la terraza en la que Jordan desayunaba y comía cuando estaba en casa. Ella no le devolvió la sonrisa. Jordan dobló el periódico, consciente de que a Margaret le pasaba algo esa mañana.

Ella le tiró el plato de huevos con beicon encima de la mesa, puso los brazos en jarras y le advirtió en tono brusco:

—Si vuelves a invitar a Corinne Alder a esta casa, Jordan, me marcharé. No voy a permitir que una mocosa inútil me haga callar solo porque es lo suficientemente guapa como para que hayas querido acostarte con ella.

Jordan levantó una mano para pedirle que se calmara.

—No te preocupes, Margaret. He terminado con Corinne esta misma mañana. Y quiero disculparme por el comportamiento que tuvo contigo. Solo puedo decir en mi defensa que conmigo era casi empalagoso.

—Es normal, ¿no? —lo interrumpió Margaret, hablando en tono despectivo—. No me importa que tengas una aventura detrás de otra. Me parece más honesto que casarse y engañar a la mujer. Puedes traer a esta casa a quien quieras, pero no permitiré que nadie me falte al respeto.

—En el futuro, se lo dejaré claro a cualquier mujer a la que invite a venir —le prometió él muy serio—. Siento haberme equivocado con Corinne.

—Tal vez debieras intentar ir más allá de la superficie.

—Intentaré sumergirme en las profundidades la próxima vez.

—También fuera de la cama —le advirtió Margaret.

Él suspiró.

—Vaya, ¿te parece bonito decirme eso, Margaret? ¿Acaso no te he demostrado ya lo mucho que me importan tus sentimientos rompiendo con Corinne?

—¡Ya era hora! —declaró ella con satisfacción—. Y si hoy no te he quemado el desayuno, es precisamente porque siempre te portas bien conmigo —añadió, dedicándole una sonrisa—. Espero que lo disfrutes.

Mientras salía de la terraza, Margaret añadió entre dientes:

—Y tenía el trasero enorme.

Era evidente que eso era un defecto físico para Margaret, y Jordan sonrió divertido.

Margaret no tenía trasero. Era de estatura baja, muy delgada, tenía unos cincuenta años y ningún interés en resaltar su feminidad. Nunca se maquillaba, casi nunca vestía otra cosa que no fuesen vestidos camiseros blancos, que le parecían un buen uniforme de trabajo, y zapatos planos también blancos. Y siempre llevaba el pelo cano recogido en un moño. No obstante, irradiaba una extraordinaria energía y había una gran inteligencia en sus brillantes ojos marrones. Además de eso, de vez en cuando dejaba suelta su afilada lengua.

A Jordan le había gustado nada más verla.

Cuando la había entrevistado para el trabajo, Margaret le había contado que estaba divorciada, que no pretendía volver a casarse y que, si tenía que limpiar y cocinar para un hombre, prefería hacerlo cobrando. Sus dos hijos estaban bien sin ella y le gustaba la idea de ganarse la vida trabajando en casa de un multimillonario. Le había prometido que, si le daba un mes de prueba, ella le demostraría que era la mejor.

Y Jordan se consideraba un hombre afortunado por haberla encontrado. Sobre todo, a la hora del desayuno. Siempre había mujeres bellas que querían llamar su atención, y a él le divertía probarlas, pero ninguna sabía tan deliciosa como las comidas de Margaret.

No le sería difícil reemplazar a Corinne. Con respecto a buscar algo más que una compañera de cama… no, no volvería a intentarlo. Ya se había equivocado con Biancha, que le había hecho creer que sería la esposa perfecta, siempre dispuesta a cumplir con sus deseos y necesidades, hasta que había llegado la decepción.

A Biancha solo le había interesado su dinero.

Margaret se habría dado cuenta de cómo era Biancha si hubiese estado trabajando para él por aquel entonces. A su ama de llaves no se le pasaba nada. De hecho, teniéndola a ella en casa, Jordan no veía ningún motivo para tener una esposa, sobre todo, cuando le sobraban compañeras de cama.

Eran pocos los matrimonios que funcionaban, sobre todo, en su círculo social, y no había nada más amargo que las secuelas económicas de un divorcio. Como ejemplo, Jordan tenía los matrimonios de su hermana. Olivia ya había dado tres veces con tres cazafortunas, y todavía no había aprendido la lección.

Al menos, sus padres habían tenido el sentido común de seguir juntos, pero ellos eran de otra generación. Su padre siempre había sido muy discreto con sus amantes, permitiendo así que su madre mantuviese intacto su orgullo de esposa de uno de los principales empresarios de Australia. Además, siempre había encontrado quien la acompañase cuando su padre no había podido ir con ella a la ópera o al teatro, hombres homosexuales a los que les gustaba el arte tanto como a ella, y a los que les encantaba poder tener el privilegio de acompañarla sin tener que pagar las entradas.

Sus padres habían estado unidos treinta años, y al final, todavía había habido algo de cariño entre ambos. Su madre había llorado sinceramente la muerte de su padre. Al fin y al cabo, habían pasado juntos muchos años, a pesar de los altibajos. Jordan dudaba que hubiese en la tierra una mujer que le interesase lo suficiente como para querer compartir con ella algo más que un par de meses. Todas acababan siendo demasiado exigentes.

«Quiero… Necesito… Mírame… Háblame. Si no soy el centro de tu universo, me voy a enfadar o voy a tener un berrinche».

Acababa de terminar de desayunar cuando sonó su teléfono móvil. Se lo sacó del bolsillo, esperando que no fuese Corinne la que lo llamaba. Había tratado a Margaret con desdén y Jordan no iba a admitir ninguna excusa por haberse comportado así con su querida empleada.

Se sintió aliviado al ver que se trataba de su madre.

–Buenos días –la saludó, contentó–. ¿Qué puedo hacer por ti?

–Puedes estar libre este viernes por la noche para acompañarme a una galería de arte –respondió ella con su habitual tono categórico.

Era increíble, pero algunas personas se inclinaban ante ella cuando les hablaba en ese tono. Aunque su riqueza también influía mucho. Nonie Powell era conocida por ser muy generosa, y sabía aprovecharse de ello.

–¿Qué le pasa a Murray? –le preguntó, mencionando a su acompañante más estimado.

—El pobrecito se ha resbalado y se ha roto un tobillo.

El pobrecito tenía ya sesenta años.

—Lo siento. ¿De qué exposición se trata?

—Es en la galería de mi querido Henry, en Paddington. Hay una exposición de las últimas obras de Sacha Thornton. Compraste dos de sus cuadros en su última exposición, así que tal vez te interese ver lo que ha hecho últimamente.

Jordan recordó los dos cuadros, de vívidos colores. Un campo de margaritas en Italia y un jarrón de caléndulas. Con ellos había adornado las paredes de la oficina de ventas de dos de sus complejos residenciales para ancianos. También se acordaba del vívido color rojo del pelo de la hija de Sacha Thornton. Que había ido vestida con vaqueros. A Margaret le hubiese parecido bien su trasero, aunque él había pedido que se la presentasen por su pelo.

No obstante, no había sido ni el momento ni el lugar adecuado, teniendo a Melanie Tindell agarrada de su brazo. Aun así, a Jordan le apetecía volver a ver a la hija de la artista. Tenía una piel clara increíble, sin pecas, y unos ojos tan verdes, que no le importaría sumergirse en sus profundidades. Habría podido estar espectacular con un poco de esfuerzo, y Jordan se había preguntado por qué no lo habría hecho. A la mayoría de las mujeres les gustaba sacarse partido.

Recordó su nombre... Ivy.

Había habido algo de tensión entre su madre y ella.

Todo muy curioso.

–Las puertas se abren a las seis en punto –le informó su madre–. Henry nos servirá un champán estupendo y unos canapés. Si pudieras estar preparado en casa sobre las cinco y media, le pediría a mi chófer que pasase a recogerte de camino.

Su casa de Balmoral quedaba de camino desde la de su madre, en Palm Beach.

–¡De acuerdo! –le dijo, decidiendo que ya improvisaría a la vuelta si decidía que le interesaba Ivy.

–Gracias, Jordan.

–Es un placer.

Sonrió, colgó el teléfono y volvió a metérselo en el bolsillo.

No le importaba complacer a su madre, sobre todo, si cabía la posibilidad de que él también resultase complacido.

Capítulo 3

IVY llegaba tarde. El atasco del viernes por la tarde había sido horrible y encontrar aparcamiento, igual de frustrante. Tuvo que andar tres manzanas de puntillas, con sus zapatos nuevos, maldiciendo en silencio a los diseñadores que dictaban la moda. Se merecían un lugar en el infierno. O, más que un lugar, tener que llegar hasta él andando con alguna de sus tortuosas creaciones.

Acababa de llegar a la esquina de la calle en la que estaba la galería cuando vio a un chófer volviendo a un Rolls Royce que había aparcado en doble fila. «Para algunos es muy fácil», pensó, acordándose al instante de Jordan Powell. Todo debía de ser fácil para un multimillonario, en especial, las mujeres. Seguro que era su caso, dato que no debía olvidar.

Se preguntó qué haría si esa noche se encontraba con Jordan Powell en la exposición.

¿Intentar conocerlo o salir corriendo?

«Espera a ver», se advirtió a sí misma. No tenía sentido adelantar acontecimientos.

Se puso a pensar en su madre. Aquella era una noche muy importante para ella. Al menos, no se la estropearía yendo poco arreglada.

Henry Boyce, el dueño de la galería, estaba charlando con la que debía de ser una de sus clientas más ricas cuando Ivy entró, pero miraba de reojo hacia la entrada. Al ver llegar a Ivy, se quedó boquiabierto. No obstante, Henry pronto desplazó su atención hacia otra persona, y ella miró molesta al hombre que había a su lado.

Era Jordan Powell.

Que sonreía como si estuviese encantado.

A Ivy le dio un vuelco el corazón.

–¡Dios mío! ¿Ivy? –balbució Henry con incredulidad, perdiendo el aplomo que lo caracterizaba.

–¿Quién es? –preguntó la mujer que estaba con él.

Ivy se fijó en que era mucho mayor que Jordan, pero se conservaba muy bien y parecía muy segura de sí misma.

–Perdóname, Nonie –le dijo Henry–. No esperaba… es la hija de Sacha, Ivy Thornton. Entra, Ivy. Tu madre se pondrá muy contenta cuando te vea.

Y cuando se diese cuenta de que no iba vestida como una granjera.

Henry no lo dijo, pero seguro que lo estaba pensando.

La vez anterior, no la había dejado entrar en la exposición hasta que Ivy no se había identificado.

Ivy se recuperó de la impactante presencia de Jordan Powell y consiguió sonreír.

–Iré a buscarla.

–Me alegro de volver a verte, Ivy –le dijo Jordan, sorprendiéndola al llamarla por su nombre–. Creo que no conoces a mi madre –continuó, girándose hacia ella y tendiéndole la mano a Ivy–. Permite que te la presente. Nonie Powell.

Su madre. Que la miró de arriba abajo como si fuese a decidir si merecía la pena conocerla. Tenía los ojos azules, pero su mirada era fría, probablemente porque había visto pasar a muchas mujeres por la vida de su hijo y ninguna de ellas había durado lo suficiente como para merecer su atención.

Ivy sonrió con ironía y le ofreció la mano.

–Encantada de conocerla, señora Powell.

–¿Tú también eres artista, querida? –le preguntó ella, tocando su mano ligeramente.

–No, no tengo el talento de mi madre.

–Ah. ¿Y a qué te dedicas?

Ivy sonrió más, tal vez esa noche pareciese una modelo, pero…

–Trabajo en el campo.

Y sabiendo que eso no interesaría a la señora Powell, fue ella misma la que se despidió.

–Si me perdona, he llegado un poco tarde y mi madre estará esperándome.

–¿En el campo? –repitió Nonie Powell con incredulidad.

–Te ayudaré a encontrarla –le dijo Jordan a Ivy, entrelazando su brazo con el de ella y sonriéndole con malicia–. Se me da muy bien abrirme paso entre las multitudes.

Ivy lo miró sorprendida. ¿Tan rápido era con las mujeres?

–Cuida de mi madre, Henry –le dijo él al dueño de la galería antes de echar a andar.

–Es muy amable por tu parte –murmuró Ivy,

captando el aroma a especias de su colonia, la fuerza de su musculoso brazo y la sensualidad de su voz.

–Lo hago por egoísmo. La última vez casi no pudimos hablar y siento mucha curiosidad por ti.

–¿Por qué? –le preguntó ella con el ceño fruncido.

–Para empezar, por tu transformación –le respondió él bromeando.

Ivy se encogió de hombros.

–A mi madre no le gustó cómo vine la vez anterior, así que esta he intentado no defraudarla.

–Es imposible que la defraudes con ese color de pelo –le dijo él.

Ivy pensó que debía sentirse halagada por haber despertado el interés de Jordan Powell, pero no le gustaba que pensase que las cosas eran tan fáciles con ella.

Se detuvo entre la multitud, desenlazó su brazo del de él y se giró a mirarlo.

–¿Estás flirteando conmigo? –le preguntó, fulminándolo con la mirada.

Él pareció sorprenderse de su franqueza. Luego, la miró divertido.

–Sí y no –respondió sonriendo–. Te estoy diciendo la verdad acerca de lo que pienso de tu increíble pelo, pero…

–Soy mucho más que una pelirroja –lo interrumpió ella, negándose a responder a su arrebatadora sonrisa–. He tenido este pelo toda la vida, así que no le doy ninguna importancia.

Eso debía haber desmoralizado a Jordan, pero no fue así.

Se echó a reír, haciendo que Ivy sintiese un escalofrío y que se diese cuenta de que quería conocer mejor a aquel hombre, a pesar de saber que sería una experiencia breve.

–¿Quieres que yo también te diga que tienes un pelo bonito, o que eres guapo? –le preguntó–. ¿Es eso lo que te define como hombre?

Jordan hizo una mueca.

–Ya veo que no he empezado con buen pie contigo. ¿Podemos empezar de cero?

–¿Empezar el qué?

–Empezar a conocerte como persona.

Aquello le gustó más a Ivy, que no pudo evitar rendirse a su encanto.

–Que no te engañe la ropa que llevo puesta. Lo hago solo por mi madre. Y por Henry, que es un esnob de primera y no le gusta que la gente común y corriente entre en su galería. No soy tu tipo.

Él arqueó una ceja.

–¿Te importaría explicarme cómo es mi tipo?

Ivy se dio cuenta de que debía tener más cuidado.

Ladeó la cabeza, pensativa, y dijo:

–Según observé la última vez que nos vimos, diría que estás especializado en mujeres florero.

Jordan lo pensó.

–Tal vez sea ese tipo de mujer el que se acerca a mí. El dinero siempre atrae, así que es difícil saber si le gustas a alguien de verdad. Se trata más bien de lo que puedes darles.

–Tengo que recordarte que has sido tú quien me ha agarrado. Yo no me he acercado a ti.

Él sonrió.

—Una experiencia maravillosamente refrescante, Ivy. Por favor, permite que te conozca mejor.

Era imposible resistirse a su sonrisa. Ivy suspiró y se dejó llevar por el deseo de tenerlo a su lado.

—Bueno, mi madre se quedará impresionada si me ve llegar contigo —murmuró, volviendo a entrelazar el brazo con el de él—. Vamos. ¿Sabes dónde está?

Él miró a su alrededor. A pesar de que Ivy llevaba zapatos de plataforma, solo le llegaba a la nariz.

—A tu derecha —le indicó Jordan—. Está hablando con una pareja que parece interesada por uno de sus cuadros.

—En ese caso, no debemos interrumpir. Vamos a quedarnos cerca hasta que termine de hablar con ellos.

—Creo que te va a ver antes —le advirtió él.

Ivy se dio cuenta de que era la única que iba vestida con lentejuelas.

—Espero no haberme pasado con este conjunto —comentó preocupada—. La idea era sorprenderla con una imagen más urbana y actual.

—¿No le gusta tu imagen campestre?

Ivy puso los ojos en blanco.

—Claro que no, todo lo que no es glamuroso ofende su sensibilidad de artista.

—Pues esta noche no va a pasar. Pareces recién salida de una revista de moda.

—Así es.

—¿Perdona?

Ivy no pudo evitar echarse a reír.

–Vi una fotografía de una modelo con esta ropa y me la compré. ¡Y te he impresionado hasta a ti!

–Te queda muy bien –comentó él divertido.

–Gracias. Entonces, ¿no piensas que esté fuera de lugar?

–En absoluto.

Ivy se encogió de hombros.

–¡Bien! Me protegerás si mi madre me ataca.

–Me alegro de poder serte de utilidad.

Era un conquistador. De eso no cabía ninguna duda. De repente, a Ivy se le levantó el ánimo, a pesar de saber cuál era su historial con las mujeres. Pensó que no le haría ningún mal disfrutar de su compañía en la galería. Sería mucho más divertido que estar sola.

Su madre iba vestida con un vestido largo en tonos rosas. Al contrario que a ella, el rosa le sentaba muy bien. Lo cierto era que no se parecían en nada, salvo en que ambas tenían el pelo rizado. Sacha Thornton tenía los ojos grises, el pelo castaño oscuro, casi negro, que le caía sobre los hombros como una cascada a pesar de su edad. Tenía casi cincuenta años, pero no los aparentaba. El maquillaje le daba el aspecto de una mujer mucho más joven.

Las pulseras y los anillos brillaban en sus manos mientras hablaba de una de las obras que pretendía vender. Dejó de gesticular al ver a Ivy del brazo de Jordan Powell. Su gesto fue de sorpresa.

Ivy intentó no ponerse a reír con nerviosismo. Deseó que Heather estuviese allí para ver cómo había impresionado primero a Henry, después a Jordan Powell y, en esos momentos, a su propia madre. Ella también estaba exultante a pesar del dolor de pies.

Aunque fuese ridículo.

Todo era imagen. Una imagen que no reflejaba quién era ella en realidad.

No obstante, estaba siendo divertido.

Su madre se recuperó un poco de la impresión y sonrió a sus potenciales clientes.

—Discúlpenme —les pidió—. Mi hija acaba de llegar.

No dudó ni un instante en reconocer cuál era su relación ni en prestarle atención. La pareja también se quedó sorprendida al ver a Jordan Powell del brazo de Ivy.

—Por favor, diríjanse a Henry con respecto al cuadro —añadió—. Es él quien se ocupa de las ventas.

Luego, se despidió y se acercó a besar a su hija en las mejillas.

—¡Cariño! ¡Estás preciosa! Me alegro tanto de que hayas venido. ¡Y con Jordan!

Retrocedió para mirarlo a él de modo coqueto.

—Espero que esto signifique que me vas a comprar alguna obra más.

—De momento, solo he venido con Ivy a saludarte, Sacha —contestó él en tono encantador—. Todavía no hemos tenido la oportunidad de ver la exposición.

—Bueno, si algo te llama la atención…

Charlaron durante unos minutos e Ivy se dio cuenta de que, para su madre, Jordan Powell era más importante que ella. Era rico. Y tenía contactos. Eso era lo que le importaba esa noche a Sacha Thornton, y no ponerse al día con su hija, que ni siquiera tenía los mismos intereses que ella. Al menos, sabía que la siguiente llamada de teléfono de su madre sería agradable.

—Ivy, cariño, asegúrate de que Jordan lo ve todo —le pidió Sacha.

—Haré lo posible —respondió ella—. Buena suerte con la exposición, Sacha.

—¿Sacha? —repitió Jordan mirándola mientras entraban en la sala de al lado, en la que no había tanta gente—. ¿No la llamas «mamá»?

—No —respondió Ivy encogiéndose de hombros—. Fue elección suya. Y a mí no me importa. Sacha nunca ha sido como una madre de verdad. Me crio mi padre. También porque ella lo quiso así.

—Pero esta noche has venido por ella.

—Ella siempre hizo el esfuerzo de asistir a los actos que eran importantes para mí.

—¿Como cuáles?

—Los conciertos del colegio, mi graduación. Siempre que quise estar acompañada de mis dos padres.

—¿Vas a quedarte el fin de semana con ella?

—No.

—¿Por qué no?

—Porque prefiero volverme a casa.

—¿Y dónde vives?

—A unos cien kilómetros de aquí —respondió ella sin concretar la ubicación de la finca.

—Son demasiados kilómetros para volver de noche —comentó él.

–No me iré tarde. La gente solo está aquí un par de horas –añadió–. Por cierto, Henry no me ha dado un programa de la exposición. ¿Lo tienes tú?

–Sí –contestó él, sacándoselo del bolsillo de la chaqueta y dándoselo.

Ivy apartó el brazo del de él y empezó a mirar el programa.

–¡Bien! –exclamó, señalando el cuadro número quince–. Este es el *Jardín bajo el sol.* ¿Te gusta?

Jordan se cruzó de brazos y se lo pensó.

–Es bonito, pero tal vez demasiado dulzón para mí.

Ivy no se lo dijo, pero estaba de acuerdo. Además, el cuadro tenía una pegatina roja, lo que quería decir que ya estaba vendido.

–De acuerdo. Vamos a seguir. A ver si encontramos algo que te guste.

–Ah, ya lo he encontrado –dijo él en tono seductor, obligando a Ivy a mirarlo.

–Estás perdiendo el tiempo conmigo –le dijo ella con toda sinceridad.

–No tengo nada mejor que hacer –declaró Jordan, sonriendo como si le hubiese gustado que lo rechazase.

–Si voy a tener que acompañarte a ver toda la exposición, será mejor que mires bien las obras, o me harás perder la paciencia.

–¿Cenarías conmigo si comprase uno o dos cuadros?

Ivy lo fulminó con la mirada.

–¡Es el comentario más ofensivo que me han hecho en toda la vida!

A él pareció sorprenderle su reacción. Y eso, a su vez, gustó a Ivy.

—Pensé que te gustaría complacer a tu madre esta noche —añadió Jordan.

—Mi madre tiene talento suficiente como para vender sus cuadros sola. Si no, Henry no le permitiría que los exhibiese en su galería —replicó ella—. No necesita que yo me venda para tener éxito. Y, aunque así fuese, no lo haría.

—No pretendía…

—Claro que sí —lo interrumpió Ivy—. Estoy segura de que piensas que puedes conseguir a cualquier mujer ofreciéndole tus cositas.

—Yo no las llamaría «cositas».

Tal vez Jordan no había pretendido darle un tono sexual a su frase, pero Ivy no pudo evitar ruborizarse e imaginárselo desnudo.

—Me da igual cómo sean de grandes —insistió muy seria—. ¿Por qué no vuelves con tu madre? Yo no encajo en tu mundo y nunca lo haré.

Después de decirle aquello, Ivy pensó que Jordan se marcharía. Habría sido lo más sensato, teniendo en cuenta cómo se sentía ella por dentro.

Sabía que aquello terminaría mal. Jordan acabaría dejándola como las dejaba a todas.

Capítulo 4

JORDAN tenía que tomar una decisión que no estaba acostumbrado a tomar. Ninguna mujer le había dicho antes que la dejase en paz. Ninguna mujer lo había rechazado tantas veces. Tal vez Ivy Thornton no encajase en su mundo y debiese marcharse.

Pero no quería hacerlo.

Le gustaba su carácter.

Hacía que se sintiese todavía más intrigado. Se dijo que tenía que ser una mujer apasionada. Se había excitado solo de verla. Deseó acariciar su piel pálida, casi translúcida, por no hablar de su pelo rojo, que debía de proteger también la parte más íntima de su cuerpo.

No podía perderse aquello.

Tenía que conquistarla.

—Nunca digas de esta agua no beberé, Ivy. Las cosas cambian —le contestó con la esperanza de ablandarla.

—No creo que sea posible —respondió ella, con sus fascinantes ojos verdes llenos de escepticismo, pero en un tono más tranquilo.

—Me disculpo por haberme ofrecido a comprar los cuadros de tu madre a cambio de que cenaras conmigo –continuó él–. Por favor, lo he hecho para que vieras cuánto deseaba que aceptases, y cuánto deseo pasar más tiempo contigo.

Ivy frunció el ceño y lo miró como advirtiéndole que estaba pisando terreno pantanoso, pero le dio una segunda oportunidad con sus palabras.

–Bueno, si todavía quieres ver la exposición conmigo, accedo a que me acompañes.

Él sintió que había triunfado, pero se contuvo.

–Intentaré controlarme para no herir tu sensibilidad con mi conversación.

Ivy se echó a reír.

–No creo que puedas fingir que eres algo que no eres, Jordan. Debes de estar acostumbrado a salirte siempre con la tuya. Y tienes medios para conseguirlo. Eres rico, guapo y encantador.

–Pero nada de eso parece surtir efecto contigo.

Ella volvió a reír y sacudió la cabeza.

–No puedo negar que eres muy divertido.

Jordan sonrió también.

–Y tú, Ivy. Acabo de descubrir mi lado masoquista. Puedes menospreciarme lo que quieras y yo seguiré queriendo más.

A Ivy le brillaron los ojos.

–Tal vez te ponga a prueba.

De repente, Jordan se la imaginó con un corsé de cuero negro, botas de tacón alto hasta los muslos y una fusta en la mano. Así vestida, con el pelo tan rojo y la piel tan pálida, le resultó una visión fantástica.

–¿Eres una dominatrix? –le preguntó con curiosidad.

No practicaba ese tipo de sexo, algo pervertido, pero tal vez con Ivy lo probase.

–¿El qué? –preguntó ella.

–Pensé que habías querido sugerir algo así al decirme que tal vez me pusieses a prueba. Lo siento. Tenía que preguntártelo. Me gusta conocer a la gente, y contigo estoy completamente perdido.

Ella volvió a ruborizarse y Jordan se excitó al verla.

–Pues no soy una dominatrix –le aseguró Ivy.

–¡Bien! Porque yo, en realidad, tampoco soy masoquista.

Y porque prefería ser él quien controlase los juegos sexuales.

Ivy puso los brazos en jarras.

–¿Cómo hemos acabado hablando de esto? ¿Piensas todo el tiempo en el sexo?

–Casi todos los hombres piensan casi todo el tiempo en el sexo –le informó él en tono irónico.

–¿Puedes intentar no hacerlo mientras vemos los cuadros?

–Va a ser difícil, contigo así vestida, pero haré lo que pueda.

–Eso espero.

–Más me vale.

Jordan le quitó el programa de la mano y miró el número del siguiente cuadro.

–Este se llama *Nenúfares*. Me gusta más. Me recuerda a Monet. ¿Has estado alguna vez en los jardines de Monet, en Giverny?

–No.

–Son maravillosos. Inspiradores. Después de ver

lo que creó allí, decidí llevar algo parecido a mis complejos residenciales para ancianos. No hay nada como un jardín maravilloso para que las personas se sientan bien.

A pesar de haber pasado de hablar de sexo a hablar de jardines, Ivy ya no pudo dejar de pensar en lo primero. Se imaginó las manos largas y elegantes de Jordan sobre su cuerpo. Las de Ben nunca habían sido demasiado suaves. Con él, había deseado muchas veces... pero su relación había sido agradable y tal vez se hubiesen casado si hubiese sido más comprensivo durante los últimos meses de vida de su padre.

Con Jordan Powell, el matrimonio no era una opción.

Solo habría cama y rosas.

Aunque tal vez la parte de la cama fuese una experiencia que mereciese la pena.

Ivy pensó que tal vez no encontrase nunca a un hombre con el que compartir su vida. Ya tenía veintisiete años y llevaba dos sin nadie interesante en perspectiva. Jordan Powell era interesante, aunque no fuese a durar.

Era tentador, cada vez más tentador.

Jordan compró los *Nenúfares*.

Henry colocó el punto rojo en el marco del cuadro, felicitó a Jordan por la compra, sonrió a Ivy, como diciéndole que estaba ayudando a su madre, y se marchó.

—No lo he comprado para chantajearte, Ivy —le

aseguró Jordan–. Si no hubieses estado a mi lado, lo habría comprado también.

–¿Qué vas a hacer con él? –le preguntó ella, queriendo que le demostrase que lo que le había dicho era verdad.

–Colgarlo en una de mis complejos para ancianos. Dará sensación de serenidad. Seguro que nuestros huéspedes lo aprecian.

–Parece que te importa realmente la gente que compra tus propiedades.

–Me gustan esas personas. Han llegado a una edad en la que no necesitan impresionar a alguien como yo. Te dicen cómo son las cosas para ellos y yo lo respeto. La sinceridad es difícil de encontrar en mi mundo.

–¿Tú eres sincero contigo mismo, Jordan? –le preguntó ella.

–Intento serlo –contestó él, mirándola con picardía–. En general, creo que cumplo lo que prometo.

Era evidente que estaba pensando en sexo.

Ivy notó un cosquilleo en el estómago.

–¿Y tú? –le preguntó Jordan.

–Ah, yo siempre cumplo mis promesas –contestó. De ello dependía la reputación de su negocio.

–Una mujer íntegra.

A Ivy empezó a caerle bien. Había podido tener a su padre en casa durante los últimos meses de su vida, pero si hubiese tenido que llevarlo a una residencia, lo habría llevado a una de Jordan Powell. A su padre también le habrían gustado los *Nenúfares*.

De repente, se sintió triste y los ojos se le llenaron de lágrimas.

–Vamos. Tal vez encontremos algo más que te guste –dijo con voz ronca.

–¿Qué te pasa? –le preguntó Jordan preocupado.

Ella sacudió la cabeza, no quería contárselo.

–Algo te ha disgustado –insistió él–. ¿Ha sido mi comentario? Te aseguro…

–No tiene nada que ver contigo, Jordan. Estaba pensando en mi padre.

–¿Qué le ocurre a tu padre? –volvió a preguntarle él con interés.

Aquello la enterneció.

–Cuando tuvo lugar la anterior exposición de Sacha… Hacía poco tiempo que mi padre había fallecido. Al hablar de las residencias, he recordado lo duros que fueron los últimos meses.

–¿De qué murió, Ivy?

–De cáncer. De un melanoma. Era pelirrojo y tenía la piel clara, como yo, y siempre insistía en que yo me protegiese mucho la piel.

Jordan asintió.

–Por eso no tienes pecas.

Su comentario la hizo reír.

–Soy una esclava de la crema solar, los sombreros y las mangas largas. Y a ti parece gustarte el sol… –comentó, mirando su piel color aceituna–. Así que te darás cuenta de que no encajo en tu mundo.

Él sonrió.

–No tengo nada en contra de los sombreros, las mangas largas ni la crema solar. De hecho, creo que me encantaría extendértela por esa bonita piel. Sería un crimen que se te estropease.

Ambos sintieron el deseo. Él, de tocar, y ella, de ser tocada. A Ivy se le aceleró el pulso y sintió pánico. Apartó la mirada de la de Jordan, sintiéndose terriblemente vulnerable junto a aquel hombre.

Y supo que sería un error tener algo con él.

Tal vez terminase deseando más de lo que era sensato y práctico, teniendo en cuenta el historial de él y sus propias circunstancias.

–¿Por qué no buscas un cuadro para ti? –le preguntó, señalando hacia la siguiente sala de la exposición.

–La verdad es que me gusta la selección que tengo en casa –contestó él, siguiéndola.

–Seguro que tienes toda una colección de maestros del arte europeos –comentó, consciente de lo mujer que se sentía al tenerlo cerca.

–No. Estoy orgulloso de ser australiano. Me gusta mi país y nuestra cultura. Y tenemos también grandes artistas: Drysdale, Sidney Nolan, Pro Hart. Creo haber comprado sus mejores obras.

Sacha Thornton no era tan famosa como los anteriores, aunque su obra era conocida y se vendía bien. A Ivy le sorprendió el patriotismo de Jordan, nunca le habían gustado las personas que pensaban que todo lo que se comprase en el extranjero tenía que ser mejor que lo australiano.

–Tienes mucha suerte de poder disfrutar de esas obras –comentó.

–Me encantaría enseñártelas.

–Ya veo por dónde vas.

–No pretendo sobornarte.

–Solo me ofreces compartir tu arte conmigo.

—Tú decides.

—Tal vez me lo piense —admitió Ivy.

Jordan se acercó y le murmuró al oído:

—Podrías pensártelo durante la cena.

Su aliento caliente fue como una suave caricia.

Ivy se sintió tentada a aceptar.

Por suerte, en ese momento, dos camareros se acercaron a ellos, uno con una bandeja de canapés y el otro, con dos copas de champán.

—Veuve Clicquot —les informó—. Especialmente para usted, señor Powell. De parte de…

—Henry, por supuesto. Dele las gracias —dijo él, tomando las dos copas y ofreciéndole una a Ivy, que estaba entretenida con los canapés.

—Sujétamela mientras como —le pidió—. Estoy muerta de hambre.

—En ese caso, necesitas una cena de verdad —argumentó Jordan—. Si te gusta el marisco, conozco un lugar con una langosta increíble.

—Umm… —una langosta increíble, unas obras de arte increíbles, ¿y un casanova increíble?

Cada vez se sentía más tentada y con más ganas de soltarse la melena aunque fuese para pasar solo una noche con aquel hombre.

Terminó de comer y tomó la copa de champán que Jordan le ofrecía.

—Es viernes por la noche —le recordó—. ¿No estará lleno ese restaurante? ¿Cómo vas a hacer para cumplir con lo que me estás prometiendo?

—Ningún maître de Sidney me dejaría sin mesa una noche —respondió él con arrogancia.

—¿Y ninguna mujer te rechazaría tampoco?

–No lo hagas, por favor, Ivy –le pidió Jordan en tono seductor–. Nunca había conocido a alguien como tú.

Ella pensaba lo mismo, que nunca había conocido a nadie como él.

–Se trata de la novedad –murmuró, burlándose de ambos.

Los dos deseaban probar algo diferente.

–¿Por qué no lo intentamos al menos esta noche? –insistió Jordan.

Ella le dio un trago al champán y notó cómo las burbujas se le subían a la cabeza.

–Está bien –dijo muy despacio–. Me encanta la langosta. Cenaré contigo. Si es que puedes cumplir lo prometido –añadió, como retándolo.

Él sonrió confiado.

–Considéralo hecho –respondió mientras se sacaba el teléfono móvil del bolsillo del abrigo.

Ivy hizo como si no estuviese nerviosa, siguió mirando los cuadros que les faltaban por ver. Sabía que Jordan conseguiría la mesa. Podía comprar todo lo que se propusiese.

Pero no podía comprarla a ella.

Solo iría hasta donde ella misma quisiera con él.

Una tarde… tal vez una noche…

«Cada cosa a su tiempo», se advirtió. Tal vez la atracción que sentían se enfriase durante la cena. Ivy no recordaba cuándo había sido la última vez que se había permitido comerse una langosta. Al menos, ese era un capricho que podía darse sin tener que preocuparse de si era algo bueno o malo.

Capítulo 5

SE marcharon de la galería subidos en el Rolls-Royce de Nonie Powell, cuyo chófer los condujo al restaurante. La madre de Jordan había puesto los ojos en blanco y había suspirado cuando este le había pedido que les prestase el coche un rato.

Pero a Ivy le daba igual lo que pensase su madre. La de ella se había puesto muy contenta al ver que se marchaba con un multimillonario. A Ivy tampoco le importaba la opinión de Sacha. Aquello era solo una experiencia que ella quería vivir.

Cuando ya no quisiese seguir viviéndola, tomaría un taxi hasta su coche y volvería a casa. Mientras tanto, iba disfrutando del paseo en Rolls-Royce y pensando en memorizarlo todo para después contárselo a Heather.

Pero Jordan la distrajo al tomar su mano y acariciarla. A Ivy se le desbocó el corazón. Se quedó mirando sus manos unidas, fascinada con el contraste entre la piel de Jordan, de color aceituna, y la suya tan pálida. Se imaginó a ellos dos juntos en la cama… desnudos… entrelazados… Y le pareció una imagen fascinante.

¿Era el contraste entre ambos lo que lo hacía tan

atractivo? ¿Por qué la excitaba tanto estar con él? ¿O era la idea de vivir peligrosamente?, cosa a la que no estaba acostumbrada.

—¿En qué estás pensando? —le preguntó Jordan.

—¿Adónde vamos? —fue su respuesta.

—Adonde tú quieras —le susurró él.

—Me refería al restaurante —especificó Ivy—. Tengo el coche aparcado cerca de la galería. Si quiero marcharme y dejarte plantado en algún momento, preferiría no estar muy lejos.

Él se echó a reír y le apretó la mano.

—No te preocupes, no te será difícil escapar. Vamos a la bahía. De hecho, casi hemos llegado.

—Bien. ¿Cómo se llama el restaurante?

—Pier. Es un restaurante especializado en marisco y pescado: cangrejos, langostas, atún. Te recomiendo el *carpaccio* de trucha para empezar.

—En ese caso, espero que no hagas ningún comentario ofensivo antes de que cenemos.

—Tendré cuidado —le aseguró él, sonriendo.

Ivy miró su boca y se preguntó cómo sería ser besada por ella, en los labios, y en otras partes más íntimas del cuerpo. Tuvo que apartar la vista para que Jordan no se diese cuenta de lo que estaba pensando.

Ser recibida con tanta efusividad en un restaurante lujoso fue otra experiencia nueva para ella. Los condujeron a una mesa con vistas al puerto de Sidney. Era evidente que Jordan Powell debía de dar propinas muy generosas, y por eso lo atendían tan bien. Además, era un hombre realmente encantador. ¡Con todo el mundo!

Estar en su compañía era un placer.

Y a Ivy la comida le pareció deliciosa, sobre todo, la langosta.

Suspiró satisfecha.

–¿Ha estado a la altura de tus expectativas? –le preguntó Jordan.

–La mejor langosta que he comido nunca –respondió ella con toda sinceridad–. Gracias.

Él sonrió.

–Pues creo que lo mejor todavía está por llegar.

A Ivy se le hizo un nudo en el estómago y se preguntó qué debía hacer después: si tener una aventura de una noche con él o marcharse corriendo a casa.

–No me cabe el postre, Jordan –comentó–, pero me tomaría un café.

La copa de champán de la exposición y la copa de vino de la cena no deberían haber sido suficiente para que perdiese el sentido común, pero con Jordan mirándola, no conseguía pensar con claridad, así que tal vez un café la espabilase un poco.

Él pidió el café y le dio la tarjeta de crédito al camarero, lo que indicaba que se marcharían pronto.

–Tengo que llamar a un taxi para volver hasta mi coche –comentó Ivy–. No podré llegar andando con estos tacones.

–Un taxi para dentro de veinte minutos –le pidió Jordan al camarero.

Al parecer, no le importaba que Ivy hiciese sus planes.

Veinte minutos más tarde, salieron del restaurante. En la puerta había un taxi esperándolos.

El trayecto hasta el coche de Ivy fue breve, pero ella se fue poniendo cada vez más nerviosa. Jordan había vuelto a tomar su mano y ella no era capaz de soltarla. Tenía el corazón acelerado.

El taxi se detuvo al lado de su coche.

Jordan le soltó la mano, pagó al taxista, salió y la ayudó a bajar del taxi. Ivy estaba buscando las llaves del coche en su bolso cuando el taxi se marchó. Y ellos se quedaron solos. En la oscuridad de la noche.

Ivy respiró hondo, desesperada por aliviar la tensión que sentía en el pecho.

–No tenías que haberlo dejado marchar –comentó.

–Un caballero siempre se asegura de que una señora llegue sana y salva a su destino –respondió él fingiendo seriedad.

–Tengo que cambiarme los zapatos –murmuró ella, apartando la mirada de la de él–. Con estos no puedo conducir.

Abrió el coche y se obligó a mover las piernas para llegar hasta el maletero, donde tenía guardadas unas sandalias planas.

–Deja que te ayude –se ofreció Jordan.

–Puedo sola –respondió ella, no queriendo que la tocase, y bajó la mano para abrir el maletero.

Jordan interceptó el movimiento y tomó su mano, haciendo que se girase hacia él. Ivy sintió que perdía el control y que solo quería saber cómo sería un beso suyo.

–Ivy –murmuró él, acercándose más y poniendo una mano en su cintura.

Luego dejó la mano de Ivy en su hombro y le acarició la mejilla, la curva de los labios y la barbilla.

Ella notó un cosquilleo entre las piernas, también en el estómago, y deseó apoyar los pechos contra el de él. Jordan inclinó la cabeza e Ivy se quedó mirando cómo acercaba sus labios a los de ella. No hizo nada para detenerlo. Era como si todos sus mecanismos de defensa estuviesen bloqueados.

Los labios de Jordan rozaron los de ella, que respondió al beso.

La necesidad de sentir a aquel hombre era irresistible. Le acarició el cuello, metió las manos entre su pelo y dejó de pensar para ponerse solo a sentir.

Jamás se había dejado llevar de aquella manera. Nunca había respondido a un hombre de forma tan salvaje, tan desinhibida.

Notó que Jordan le ponía la mano en el trasero y la apretaba contra él. Y a Ivy se le hizo un nudo en el estómago al notar su erección. En ese momento, debió apartarse de él, pero su cuerpo no quiso hacerlo. En su lugar, se frotó contra ella. Era maravilloso volver a sentirse deseada. Había estado demasiado tiempo sola y la mujer que había en su interior ansiaba estar con aquel hombre, fuese cual fuese el momento, el lugar o las circunstancias.

Jordan la apoyó, la sentó sobre el maletero y, sin dejar de besarla, metió la mano por debajo de la minifalda, le apartó las medias de seda y le acarició el sexo hasta hacerla arder de deseo. Ivy solo quería saciar aquel anhelo. Todo lo demás no importaba. No había nada más para ella.

Todo ocurrió tan rápidamente, el sobresalto cuando la penetró, el inmenso placer, el alivio de toda la tensión mientras sus músculos internos se contraían alrededor de él. Jordan siguió moviéndose al ritmo de su propio deseo hasta que, él también, alcanzó el dulce caos del clímax.

Ivy se quedó sin fuerza sobre el maletero del coche, con él apoyado encima y con el calor de su respiración acariciándole la garganta. Si había pasado algún coche a su lado, ella no se había dado cuenta. La noche parecía envolverlos en una burbuja privada, intensificando los sentimientos que la seguían teniendo subyugada.

Jordan la levantó. Ivy no se había dado cuenta de que lo estaba abrazando con las piernas por la cintura. La llevó hacia el asiento del pasajero, saliendo de su cuerpo solo cuando hubo abierto la puerta, para dejarla allí. La besó mientras le abrochaba el cinturón de seguridad, fue a por el bolso, que se le había caído, y se lo puso en el regazo, le dio otro beso y rodeó el coche para sentarse al volante.

Ella lo observó aturdida. Era casi un extraño con el que había compartido una experiencia erótica muy íntima. No podía moverse. Casi ni se estaba dando cuenta de que era él el que estaba controlando la situación. Ivy no podía dejar de pensar, una y otra vez…

«No puedo creerme lo que acabo de hacer».

Capítulo 6

JORDAN puso el piloto automático, todavía lidiando con la idea de que había perdido el control por completo, cosa que no le ocurría nunca, sobre todo, en sus relaciones con las mujeres. Había actuado como un adolescente caliente, incapaz de parar. Sin ningún miramiento.

¡Y lo que era peor! ¡Sin ninguna protección!

Él jamás se arriesgaba a dejar a una mujer embarazada. Eso era algo que no se le había pasado nunca por la cabeza. Había deseado a Ivy Thornton nada más verla. La había deseado tanto, que no había podido permitir que se marchase, pero había pretendido persuadirla, seducirla, prometerle placer, no…

—No puedo creer lo que he hecho —murmuró, sorprendido por haberlo dicho en voz alta.

Seguía fuera de control.

—Ni yo tampoco.

A Ivy le había temblado la voz, así que Jordan la miró. Ella no lo estaba mirando. Tenía la cabeza agachada, con su increíble pelo tapándole casi toda la cara, y las manos sobre el regazo, con las palmas hacia arriba. Parecía estar mirándoselas como si no fuesen suyas. Unas manos que lo habían agarrado con pasión, incitándolo a amarla.

Ella también estaba sorprendida.

Instintivamente, Jordan le agarró una mano y se la apretó.

–Lo haré mejor –le dijo.

«Lo haré bien», pensó. Por eso la había metido en el coche e iba hacia Balmoral, para llevársela a su cama y hacer allí todo lo que había imaginado, en vez de sucumbir a un loco arranque de pasión. Era demasiado tarde para preocuparse por la protección, pero no demasiado tarde para disfrutar como quería de Ivy Thornton. Aunque debería preguntarle si estaba utilizando algún método contraceptivo, para saber si cabía la posibilidad de que hubiese consecuencias desagradables.

Frunció el ceño. No le parecía bien preguntárselo en esos momentos. Además, el daño ya estaba hecho. Utilizar preservativos durante el resto de la noche sería ridículo. Sería estupendo disfrutar del sexo con ella sin restricciones. Ya hablarían del tema más tarde. En esos momentos, solo quería volver a hacerle el amor.

Había sido una experiencia tan increíble, que Jordan no se había sentido nunca tan exultante, tan primitivo. Tenía que seguir explorando aquella relación sexual.

–¿Adónde me llevas? –le preguntó Ivy, todavía con voz trémula.

–Tengo una casa en Balmoral. Te llevo a mi casa –le respondió, con la esperanza de que no protestase.

No lo hizo.

Se quedó inmóvil, en silencio, mientras Jordan

seguía deseándola. Sabía que la atracción era mutua. Solo tenía que volver a avivar el fuego que había entre ambos.

Quería vivir la experiencia completa con Ivy Thornton.

Y quería hacerlo mejor.

Mucho mejor.

Ivy seguía sintiéndose como si le hubiesen dado un golpe en la cabeza. Había tenido sexo con Jordan Powell. ¡Encima de su coche! Iban hacia su casa en Balmoral. Todo aquello eran hechos, pero no sabía cómo reaccionar al respecto.

Nunca había experimentado un sexo así... tan salvaje, tan explosivo, tan erótico. No sabía si eso se debía al hombre con el que estaba, a las circunstancias, al tiempo que hacía que no tenía emociones físicas en su vida... Jordan era una tentación y ella se había dejado tentar.

¿Por qué no?

Por suerte, esa semana no corría el riesgo de quedarse embarazada y ya era demasiado tarde para preocuparse por las enfermedades de transmisión sexual. Lo más probable era que Jordan Powell tampoco quisiese correr ese tipo de riesgos. Aunque esa noche, lo había hecho. Tal vez por eso pareciese tan sorprendido.

En cualquier caso, ella no tenía ninguna enfermedad y esperaba que él tampoco, porque ya estaba hecho. No había marcha atrás y la idea de terminar la noche con él la atraía bastante. ¿Sería buen amante en la cama? ¿Podría proporcionarle una experiencia todavía más increíble? Ivy nunca había estado en casa de un multimillonario. Sería interesante ver cómo vivía, los cuadros de los que le había hablado, si su dormitorio era el típico de un playboy.

Además, dejarían su coche aparcado fuera, así que Ivy podría marcharse cuando quisiese. Con una noche, satisfaría su curiosidad. No sería sensato implicarse más. Al día siguiente, se marcharía con una sonrisa en el rostro... sabiendo todo lo que quería saber.

La decisión estaba tomada.

Pasó a pensar cómo debía manejar aquella nueva situación. Era difícil ser fría y objetiva en aquellas circunstancias, después de lo que había compartido con él.

Miró sus manos entrelazadas y recordó sus caricias. Pensó que tenía suerte de estar viviendo aquello, tal vez no volviese a sentirse así nunca con otro hombre.

Él le acarició la palma con el dedo índice, provocándole un escalofrío.

—¿Estás de acuerdo con esto, Ivy? —le preguntó, preocupado.

—Sí, gracias —respondió ella—. Así podrás enseñarme tus cuadros —añadió enseguida, sonriéndole.

Él se echó a reír y le apretó la mano.

—Tu placer será el mío.

Lo que debía de significar que iba a pasarlo estupendamente con él. «Relájate y deja que ocurra», se dijo Ivy.

Entraron en unos jardines que daban a una casa grande, pintada de blanco, con un garaje doble a la izquierda y otro garaje doble a la derecha.

–¿Tienes cuatro coches? –le preguntó ella, mientras Jordan aparcaba al lado de un pórtico muy elegante que daba a unas puertas dobles.

–Tres –le dijo Jordan–. En la cuarta plaza de garaje está el coche de Margaret.

–¿Quién es Margaret?

–Mi ama de llaves. Vive en el apartamento que hay encima de los garajes de la derecha. Ray, que se ocupa del mantenimiento y es también mi chófer, vive en el apartamento que hay encima de los de la izquierda.

–¿Desde cuándo tienes esta casa? –le preguntó Ivy, preguntándose si viviría en ella o si sería una más de sus residencias.

–Desde hace unos cinco años. Me gusta –le contestó él sonriendo–. Espero que a ti también te guste.

Ivy pensó que daba igual que a ella le gustase o no. Solo quería satisfacer su curiosidad. Y, luego, marcharse. Sería una tontería quedarse más de una noche con Jordan, pero cuando este le abrió la puerta del coche y ella salió y se puso a su lado, sintió tal impacto físico por su cercanía, que se estremeció.

–Dame las llaves de mi coche –le pidió, tendiendo la mano.

Él se las dio y cerró la puerta. Ivy cerró el coche con el mando a distancia y se metió las llaves en el bolso.

–Después de ti –le dijo después, intentando que no se le notase que le temblaban las piernas.

Al llegar al porche, Ivy se sentó en el primer escalón.

–Me voy a quitar estos zapatos ahora mismo –anunció, inclinándose para desabrochárselos.

–Deja que te ayude.

Jordan se puso de cuclillas frente a ella y le apartó las manos. Tomó su pie, se lo apoyó en la rodilla y le quitó el zapato, luego hizo lo mismo con el otro. Ivy disfrutó de sus caricias y de un breve masaje que le hizo en los dedos de los pies cuando le hubo quitado los zapatos.

–¿Mejor? –le preguntó él, mirándola con satisfacción.

–Sí. Gracias. Siento no parecer una modelo, pero ir descalza va más conmigo –contestó ella.

–Me alegra que te sientas cómoda en mi compañía –murmuró él.

Ivy recogió sus zapatos, apoyó los pies con firmeza en el suelo de piedra y se levantó, quedando justo enfrente de Jordan, que estaba en el escalón de abajo. Se miraron a los ojos. En los de él había un deseo salvaje. Ivy no supo qué vería Jordan en los suyos, probablemente la realidad de cómo se sentía.

Respiró hondo. Entonces Jordan la besó, y ella le devolvió el beso y puso las manos en su cuello. Él la abrazó con fuerza e Ivy se apretó contra su cuerpo.

Jordan le metió el muslo entre las piernas e hizo que arquease la espalda. Luego se apartó.

–Debo de haber perdido la cabeza –susurró él–. Ven, Ivy. Vamos a la cama.

Ella agradeció que la tuviese agarrada de la cintura. Si no, no sabía si sus piernas la habrían llevado hasta la puerta. Entraron, pero no fue capaz de fijarse en el recibidor. Solo vio la escalera que tenían delante. Se tropezó en el primer escalón y Jordan la sujetó contra su pecho para que no se cayese. Luego subió las escaleras tan deprisa, que Ivy no pudo fijarse en nada más.

Aterrizaron en una cama.

–¡No vamos a hacerlo en la oscuridad! –le dijo Jordan, encendiendo la lámpara de la mesilla.

«Estoy perdida», pensó Ivy, aturdida, pero no le importaba. Esa noche, solo quería estar allí.

–Vamos a deshacernos de la ropa –le dijo él, quitándole los zapatos y el bolso y tirándolo todo al suelo.

Luego la ayudó a quitarse la chaqueta de lentejuelas, la blusa de tirantes, el sujetador.

Y ella se dejó hacer en silencio. No quería hablar, solo sentir. Las sábanas eran de satén negro. Muy apropiado para el playboy con el que estaba.

Jordan le quitó la falda y las medias con rapidez y luego se detuvo para acariciarle el vello púbico, mirándolo como si le pareciese fascinante. Ivy se preguntó si todas las mujeres con las que se acostaba se harían el depilado brasileño. Ella no se lo había hecho nunca, solo se depilaba lo necesario para poder ponerse bañador y nadar en una piscina cubierta, ya que el sol era su enemigo.

–Es increíble –murmuró Jordan, inclinándose para pasar la boca por sus rizos rojizos.

Era evidente que le excitaban.

La acarició allí con la lengua y tomó su clítoris con delicadeza. Ivy sintió un placer exquisito. Intentó grabar aquello en su memoria. Se le olvidó respirar. Todo su ser estaba concentrado en lo que le estaba haciendo. Cuando Jordan levantó la cabeza, volvió a tomar aire.

–¡No te muevas! –le ordenó él, poniéndole una mano en el estómago–. Quiero devorarte con la mirada mientras me desnudo.

Devorarla...

–¡Eres increíble! –añadió, con los ojos brillantes–. Tu piel... tan cremosa y perfecta. Y el brillo rojizo de tu pelo... ¡Qué contraste tan maravilloso! Eres una obra de arte viviente, Ivy. Nunca he visto algo tan fantástico en una galería.

Ella no sintió vergüenza por estar desnuda delante de él. Tenía toda la atención puesta en su cuerpo desnudo.

Era un hombre muy proporcionado, tenía músculos, pero no demasiados. El vello del pecho descendía en forma de flecha hasta su impresionante erección.

Ivy se estremeció al llegar allí con la mirada. Deseó acariciarlo, tenerlo encima. Nunca había ansiado tanto estar con un hombre.

Pero Jordan le sujetó las manos a ambos lados de la cabeza y las piernas con uno de sus muslos.

–Quiero probarte entera, Ivy –le dijo, mirando sus pechos con deseo.

Ella contuvo la respiración mientras notaba cómo se los acariciaba con la lengua. Cerró los ojos y se concentró en todas las sensaciones de su cuerpo. Arqueó la espalda, invitándolo a continuar, a tomar más.

Consiguió soltar las manos de las de él y enterró los dedos en su pelo, se aferró a su espalda para acercarlo más a su cuerpo, para grabarlo todo en su memoria. Notó cómo él se estremecía también y sonrió.

—No puedo esperar más —le dijo Jordan.

«Por fin», pensó ella, exultante, moviéndose para darle acceso a lo que tanto deseaba él.

Ivy sintió una ola de placer en cuanto la penetró. Lo abrazó con fuerza y siguió su ritmo, cada vez más rápido y más fuerte, más profundo, cada vez más cerca del intenso placer del que ya había disfrutado esa noche.

Ivy se oyó gritar al llegar al clímax. Él dijo también algo ininteligible y se desplomó encima de ella, respirando con dificultad. Ivy lo abrazó con fuerza, amándolo por haberle regalado aquella maravillosa experiencia.

Jordan se tumbó de lado, llevándosela con él, abrazándola también. Le dio un beso en el pelo y ella se sintió agotada, pero llena. Se alegró de haber cedido a la tentación. No se olvidaría de aquello en toda su vida.

Él empezó a acariciarle la espalda e Ivy suspiró de placer. Jordan sabía muy bien cómo tocar a una mujer. Ella deseó poder tener siempre un amante como él, era una pena que su relación no pudiese durar, pero no era tan tonta como para hacerse ilusiones. Lo mejor sería cortar por lo sano lo antes posible y no tomarle cariño.

Sería solo una noche.

Eso era lo que había decidido.

Era una decisión muy sensata.

—Esta vez, vamos a hacerlo más despacio, con cuidado, Ivy —le dijo él con decisión.

Ella sonrió.

—Como tú quieras.

Si Jordan quería seguir, ella no iba a oponerse.

Ivy estaba dispuesta a recibir todo lo que él fuese capaz de darle.

Capítulo 7

IVY se despertó a las seis de la mañana, hora a la que se levantaba todos los días. Todavía cansada después de la actividad de la noche anterior, habría podido volver a dormirse, pero al mirar al hombre que tenía al lado, muy apetecible y extremadamente seductor, decidió que era el momento de marcharse, antes de que él se despertase y la convenciese para que se quedase allí todo el fin de semana.

Idea demasiado tentadora.

No obstante, ya estaba medio enamorada de él. ¿Cómo no iba a estarlo, después de la noche que habían pasado juntos? Si se quedaba con allí, sus sentimientos se harían más intensos y luego sufriría mucho cuando la dejase. Lo mejor era que lo dejase ella en ese momento.

Ya había satisfecho su curiosidad. No había visto mucho de la casa, pero eso carecía de importancia. Recorrió la habitación con la mirada y salió de la cama. Todo era blanco y negro, lo mismo que el baño que había al lado, al que había entrado por la noche.

Vio dos cuadros en los que no se había fijado antes. Ambos de la serie Ned Kelly de Sidney Nolan. A Ivy le pareció una extraña elección tener aquellas imágenes en el dormitorio. Ivy se había imaginado algo más erótico, pero, no obstante, los marcos negros y la famosa armadura de Ned Kelly encajaban con el resto de la decoración.

La gruesa moqueta blanca silenció sus pasos de camino al cuarto de baño. Cerró la puerta con cuidado y se lavó. Vio una bata de seda negra colgada cerca de la ducha, y la tomó prestada para bajar al coche, ya que le pareció más sencillo que volver a ponerse el conjunto de la noche anterior. En el coche tenía ropa para cambiarse. Se vestiría allí y se marcharía a casa.

Jordan siguió durmiendo mientras ella recogía la ropa de diseño del suelo. Salió del dormitorio y cerró la puerta y se encontró en un balcón interior que daba al recibidor. Enseguida vio la escalera. La estaba bajando cuando una mujer salió de una habitación que había a la izquierda de la entrada, era menuda, con el pelo cano y vestía un uniforme blanco.

Las dos se quedaron inmóviles, sorprendidas, estudiándose.

La mujer miró a Ivy de los pies a la cabeza, como si estuviese pensando que ya había otra nueva.

Ivy pensó que tenía que ser el ama de llaves, sintió vergüenza, pero intentó que no se le notase.

—Buenos días —la saludó la mujer—. Soy Margaret Partridge, cocinera y ama de llaves de Jordan. Puedes llamarme Margaret. En esta casa no solemos andarnos con miramientos.

—Hola —dijo Ivy, agradecida por la naturalidad con la que le había hablado la otra mujer—. Yo soy Ivy… Ivy Thornton. Esto… iba a por ropa a mi coche.

–Te abriré la puerta principal –le dijo Margaret, haciéndolo–. Iba a la cocina. ¿Quieres una taza de café? Jordan no suele levantarse antes de las nueve los sábados, así que no tenemos prisa.

–Gracias, pero no voy a esperarlo. Tengo que irme a casa –le explicó Ivy.

Margaret arqueó las cejas. También debía de ser nuevo que una mujer dejara la cama de Jordan Powell antes que él. Ivy se dio cuenta de que el ama de llaves estaba al corriente de todos los escarceos amorosos de su jefe. Notó que le quemaban las mejillas mientras se acercaba a la puerta.

–No me costará nada prepararte el desayuno antes de que te marches –se ofreció Margaret, que parecía sentir curiosidad por ella.

–Muy amable –respondió Ivy, sonriendo–, pero vivo a una hora de aquí. Desayunaré en casa.

–Deberías tomarte un café antes de marcharte. Así estarás espabilada todo el camino. Lo prepararé mientras te vistes.

Ivy se sintió menos avergonzada al ver que la mujer no cuestionaba sus actos. No obstante, y a pesar de que Jordan seguía durmiendo, ella se sentía demasiado incómoda como para seguir retrasando su marcha.

–Es probable que no sepas dónde está la cocina –continuó Margaret–. La última puerta de la derecha. Al lado del office. Y hay un cuarto de baño debajo de la escalera. Puedes cambiarte allí si no quieres volver a subir.

–Gracias –contestó Ivy, aceptando la información sin comprometerse a nada.

–No tengas prisa –repitió Margaret, como si sintiese que Ivy estaba deseando marcharse.

Pero Ivy no quería arriesgarse a encontrarse con Jordan esa mañana.

El ama de llaves le dejó la puerta de la calle abierta. Ivy fue corriendo al coche, abrió el maletero, dejó en él la ropa que llevaba en la mano, tomó los vaqueros azules, la camiseta blanca y unas sandalias planas y volvió a la casa. El cuarto de baño de debajo de la escalera era más pequeño que el de la habitación de Jordan, pero igual de elegante, en tonos grises, blancos y plateados. Ivy se vistió y buscó una percha en la que colgar la bata de Jordan, pero no la había, así que la dobló y la dejó con cuidado en la banqueta que había frente al tocador.

El seductor aroma a café recién hecho la recibió nada más salir del cuarto de baño. Ivy vaciló, pensando que sería de mala educación marcharse sin más, sin darle las gracias a Jordan por el placer que le había hecho sentir la noche anterior. Era muy feo marcharse sin despedirse.

Así que decidió quedarse unos minutos más. Fue hacia el office, cuyas vistas eran tan bonitas, que se quedó absorta unos segundos. Detrás de la pared de cristal había un patio embaldosado con una piscina en el centro. Más allá se veía el puerto, brillando bajo la luz de la mañana y ya con tráfico.

Ivy miró a su alrededor y se dio cuenta de que el suelo era de baldosines blancos, que estaban cubiertos por una estera en tonos azules y verdes agua. También había una mesa de cristal rodeada por sillas de piel blancas. La pared negra estaba dominada por dos cuadros del autor australiano Pro Hart, en los que se veían dos paisajes de su país con unos intensos cielos azules. Mientras entraba en la cocina, Ivy pensó que así era cómo disfrutaba un multimillonario del desayuno.

En la cocina, predominaba el blanco, y tenía las mismas vistas que la habitación de al lado.

El ama de llaves estaba sirviendo el café en una taza. Sonrió a Ivy y le hizo un gesto para que se sentase en uno de los taburetes que había frente a la isla.

–¿Leche? ¿Azúcar? –le preguntó.

–Lo siento mucho, pero no puedo quedarme. Tengo que irme a casa –contestó ella con firmeza–. He dejado la bata de Jordan en el cuarto de baño de debajo de las escaleras. Espero que no le importe devolvérsela por mí.

–¿Tiene alguna urgencia? –le preguntó Margaret preocupada.

–Tengo que marcharme –respondió ella–. Le agradecería que le diese las gracias a Jordan de mi parte por la maravillosa noche que hemos pasado.

Margaret asintió muy despacio.

–Está bien. Le daré el mensaje.

Ivy sonrió aliviada.

–Gracias otra vez, por todo. Adiós.

Y, dicho aquello, se alejó de la vida de Jordan Powell, satisfecha de haber podido hacerlo con cierta gracia.

Jordan se sintió bien al despertar. Entonces recordó. Ivy. Abrió los ojos con una sonrisa en los labios y le sorprendió no verla a su lado. Ni ver tampoco su ropa tirada por el suelo. Miró el reloj, todavía no eran las ocho y media.

Tal vez a Ivy le gustase levantarse temprano. Solía ocurrir con la gente que trabajaba en el campo. Margaret también se levantaba siempre pronto. Tal vez estuviese haciéndole el desayuno a Ivy. Jordan sintió la necesidad de comprobarlo, así que se levantó de la cama y entró en el cuarto de baño.

Su bata negra no estaba en la percha.

Sonrió.

Ivy estaría muy atractiva con ella puesta.

Más seguro de su presencia en la casa, Jordan se dio una ducha rápida, se afeitó, buscó otra bata negra en el vestidor y bajó con una sonrisa en los labios. Se preguntó qué habría pensado Margaret al ver a Ivy, que era muy distinta a las chicas con las que solía salir. Además, ambas mujeres eran muy directas a la hora de decir lo que pensaban.

No había nadie en el office.

Jordan frunció el ceño mientras pasaba por él. Tampoco se oía a nadie hablando en la cocina y la puerta que daba a esta estaba abierta. Encontró a Margaret sentada en un taburete, tomándose un café.

—¿Dónde está Ivy? —le preguntó sin más.

Margaret lo miró con interés y respondió:

—Se ha ido. Y no me hables en ese tono, Jordan. He intentado retenerla. Le he ofrecido el desayuno. He insistido en que se tomase una taza de café, pero no ha querido. Estaba decidida a marcharse.

—¿Te ha dicho por qué? —inquirió él, decepcionado.

—No, pero me ha pedido que te dé las gracias por la maravillosa noche. Tengo que decir que es muy educada, no como otras.

Jordan se sintió frustrado. Ninguna mujer lo había dejado antes de que él estuviese dispuesto a permitirlo. No podía respetar la decisión de Ivy de rechazar lo que habían tenido juntos, que había sido mucho más que una experiencia maravillosa.

Se preguntó si aquello sería una prueba. ¿Estaría jugando con él? La noche anterior, le había funcionado hacerse la dura, tal vez se hubiese marchado esa mañana para que él fuese detrás.

Un multimillonario debía de ser una buena presa para una chica de campo.

Salvo que a él no iba a cazarlo nadie.

No obstante, Jordan quería mucho más de Ivy Thornton. Y no podía creer que ella no quisiese nada más de él. Así que iría a buscarla, y se aseguraría de que lo suyo terminase solo cuando él quisiese.

—¿Te ha dicho adónde iba?

—A casa.

Jordan hizo una mueca.

—¿Podrías ser más explícita, Margaret? Sé que Ivy trabaja en el campo, pero no sé dónde.

—Ha dicho que vivía a una hora de aquí.

—¡Demasiado vago!

—Lo siento. No puedo ayudarte más. Si quieres que te dé mi opinión, creo que le ha dado mucha vergüenza verme y estaba deseando marcharse. Nada que ver con otras. Y si no te ha dejado su dirección, es que no quiere que vayas a buscarla.

Jordan frunció el ceño. Tal vez aquel no hubiese sido un movimiento calculado. Margaret sera muy intuitiva con la gente. Tal vez Ivy estuviese sorprendida consigo misma. Él se había aprovechado de su sorpresa la noche anterior y se la había llevado a casa. E Ivy había estado muy bien en la cama. ¡Fantástica! No obstante, si no estaba acostumbrada a acostarse con un hombre la primera vez que salía con él… tal vez estuviese avergonzada por haberlo hecho.

Lo que significaba que… Si era una buena chica, no de las que tomaban la píldora… La noche anterior no habían hablado del tema. Aunque si hubiese cabido la posibilidad de que se hubiese quedado embarazada, ella habría sentido pánico.

–Tengo que encontrarla, Margaret –dijo Jordan, paseándose por la cocina–. ¡Tengo que hacerlo!

No era solo por el tema del embarazo. No soportaba la idea de no volver a verla nunca.

–Sé que no es asunto mío –le dijo Margaret–, pero creo que nunca tienes relaciones serias, Jordan, y no creo que Ivy Thornton esté acostumbrada a aventuras de una noche, así que tal vez debas dejarla tranquila.

–¡No! ¡No! –respondió él, fulminando a Margaret con la mirada–. ¡No puedo! –añadió, sin querer explicar el motivo–. Tengo que encontrarla.

–Y entonces, ¿qué? –le preguntó Margaret.

–Entonces, tendrá que decirme a la cara que no quiere tener nada que ver conmigo.

Jordan sabía que Ivy no sería capaz de hacerlo.

–Me parece justo –admitió Margaret–. ¿Qué vas a querer desayunar?

Jordan estaba furioso, no soportaba que Margaret le quitase importancia a su intensa frustración. Sacudió un dedo y le advirtió:

—¡Ivy Thornton no va a dejarme!

Margaret lo miró como si no lo conociese.

—Siento si he dicho algo que no debía, Jordan, pero me ha caído bien. Y no me gustaría que le hicieses daño.

—No tengo intención de hacerle daño.

Margaret apretó los labios, no dijo nada, pero lo retó con la mirada, como diciéndole que, si no cumplía aquello, para ella sería menos hombre.

Era evidente que Ivy le había causado a Margaret mejor impresión que el resto de las mujeres a las que había conocido.

—A mí también me gusta, Margaret —le dijo él, más tranquilo—. Y mucho.

Ella asintió, todavía sin abrir la boca.

Él suspiró.

La guerra estaba servida.

Jordan tendría que ganarse a Ivy, y hacer que esta quisiese estar con él, para volver a ganarse a Margaret. Si no, tendría que tomarse el desayuno quemado. ¡O aún peor! Tal vez Margaret lo dejase también.

Notó que le subía la adrenalina.

A Jordan no le asustaban los retos.

Fuese como fuese, ¡conseguiría lo que quería!

Capítulo 8

IVY se repitió una y otra vez que había hecho bien al salir de la vida de Jordan Powell, aunque su cuerpo seguía ardiendo solo de pensar en él. No podía sacárselo de la cabeza, ni siquiera en casa. No podía dejar de imaginarse cómo habría sido pasar todo el fin de semana con él, en su casa de Balmoral.

Hacía calor y parecía que iba a hacer un día todavía más caluroso. Habría sido estupendo darse un baño en su piscina, por no mencionar…

Ivy se alegró de que estuviese sonando el teléfono. Tomó el auricular con la esperanza de que la llamada la distrajese de sus pensamientos, pero se dio cuenta de que no iba a tener tanta suerte. Era su madre.

—Ivy, acabo de hablar con Jordan Powell.

A ella se le aceleró el corazón.

—¿Y qué quería? —le preguntó.

—Bueno, ha sido un poco raro. Anoche te marchaste con él y daba la sensación de que te gustaba su compañía, pero no le diste tu dirección… ¿porque se te olvidó o porque no querías volver a verlo?

—¿Le has dicho dónde vivo? —preguntó Ivy nerviosa.

–No. Ha estado encantador. Como siempre, pero he pensado que sería mejor preguntarte antes.

Ivy se sintió aliviada. No quería tener que volver a ver a Jordan, ni tener que luchar contra la atracción que sentía por él. Había hecho bien marchándose de su casa temprano.

–Me alegro –le dijo a su madre, más tranquila–. No me conviene. Está bien para salir una noche, pero nada más.

–¿Estás segura, cariño?

–Sí. Gracias por no decirle dónde vivo. Y enhorabuena por la exposición. Anoche hiciste muchas ventas.

–Sí. Fue muy gratificante. Y me alegró mucho verte tan radiante. Me sentí muy orgullosa de ti.

–Bueno, no quería volver a decepcionarte y me gustó ver cómo Henry se quedaba con la boca abierta. ¡Es un estirado!

–Pero sabe invitar a las personas adecuadas a su galería. Es una pena que vaya a decepcionar a un cliente como Jordan Powell… –suspiró–. ¿Estás segura de que no quieres volver a verlo, Ivy?

–Sí, estoy segura. No encajo en su modo de vida, ni él en la mía. Eso es todo –le aseguró Ivy a su madre, ignorando el cosquilleo que tenía en el estómago y recordando cómo la había mirado el ama de llaves.

–Bueno, en ese caso, seré una tumba, hija. ¡Qué pena! –dijo Sacha antes de colgar.

El lunes por la mañana, Ivy estaba convencida de que su noche con Jordan había sido una experiencia inolvidable de la que no se arrepentiría nunca. Heather, por supuesto, quiso saberlo todo nada más entrar en el despacho.

–¿Le gustaste?

–¡Sí! –respondió Ivy, sonriéndole a su amiga.

–¡Cuéntamelo todo! –le pidió Heather.

Ivy confesó que había sucumbido a la tentación de disfrutar de la compañía de Jordan en la galería y cenando con él después.

–¿Y luego? ¿Fuiste a ver sus cuadros?

–Algunos –bromeó Ivy.

No iba a contarle a nadie lo que había ocurrido antes de que fuesen a Balmoral.

–Y luego te viniste derecha a casa. ¡Te mato! –le dijo Heather–. ¿Qué tal amante es?

Ivy se echó a reír, intentando quitarle importancia a todo.

–Muy, muy, muy bueno. Me alegro de haber pasado la noche con él.

–¿Solo esa noche?

–Fue suficiente, Heather. Ya sabes que es un playboy. Me marché cuando todavía estaba dormido y me encontré con su ama de llaves en la entrada. Si hubieses visto cómo me miró…

–¿Como si fueses otro trofeo más?

–No me sentí bien. Así que me alegro de haberme marchado en ese momento.

–¡Tienes razón! Aunque yo me alegro de que te gustase en la cama. Espero que, después de esto, vuelvas a interesarte por buscar algo de acción real en tu vida.

–Eso espero –respondió Ivy–. Ahora, vamos a trabajar.

A lo largo del día, Heather le hizo más preguntas acerca de la casa. Tuvieron varios pedidos de
rosas. Las prepararon y las mandaron. Al final de la
tarde, Ivy estaba contenta de que su breve encuentro con Jordan Powell estuviese empezando a formar parte del pasado. Un recuerdo. Nada más.

Hasta que Heather se giró a mirarla y le dijo:

—¡Esto no va a gustarte!

—¿El qué?

—Jordan Powell quiere enviarle rosas y los bombones de chocolate a tu madre.

—¡A mi madre!

—Con una nota. Para ti, Ivy, que dice: «Por favor, dile a Ivy…».

Ella se sintió aliviada al ver que Jordan no sabía
que el negocio era suyo.

—¿Qué has dicho, Heather?

—«Por favor, dile a Ivy que tengo que hablar con
ella. Estaré en el Bacio Coffee Shop, debajo del reloj del edificio Queen Victoria entre el mediodía y
las dos, el sábado y el domingo. La esperaré».

Quería hablar con ella cara a cara, para volver a ganársela con su encanto, pero Ivy no iba a arriesgarse.

—¿Qué quieres que haga? —le preguntó Heather.

—Envía el pedido. Yo hablaré con mi madre al
respecto.

—Está bien.

Pero no estaba bien. Volvieron a recibir el mismo pedido el martes, el miércoles, el jueves y el
viernes.

—Tal vez deberías ir a hablar con él —comentó
Heather el viernes antes de marcharse.

—¡No! —respondió Ivy con firmeza.

Pero sabía que iba a pasarse todo el fin de semana pensado en él, que estaría esperándola, preguntándose si de verdad tenía algo que decirle que mereciese la pena escuchar. Era ridículo, dado el historial que tenía con las mujeres.

Jordan no se rindió.

Volvió a hacer el mismo pedido el lunes, y todos los días de la semana siguiente. La madre de Ivy se quejó de que ya no sabía qué hacer con tantas rosas, y de que iba a engordar con los bombones.

—No te los tienes que comer todos —le dijo Ivy con frustración—. Tíralos. Y las rosas, también.

—No entiendo por qué no puedes ir a hablar con él —argumentó su madre—. No te está pidiendo que vayas a su casa, Ivy, sino a un lugar público. Podrás marcharte cuando lo desees.

—No quiero verlo. Eso es todo.

No obstante, Jordan siguió insistiendo.

Su madre se pasó otra semana más inundada de rosas y caramelos. Hasta Heather, que conocía bien la manera de funcionar de Jordan, empezó a dudar de la decisión de Ivy.

—Has debido de causarle una gran impresión. Para ser tan persistente… y pasarse dos horas esperándote en una cafetería… —le dijo—. No creo que lo hiciese si no le interesases de verdad. ¿Y si siente algo serio? Tal vez debieras darle una oportunidad. Dijiste que era muy buen amante.

—¿Cómo iba a funcionar lo nuestro? Yo vivo aquí.

—La distancia no es problema para un multimillonario. Seguro que tiene helicóptero.

–Apuesto a que es un tema de ego, y no pienso ceder –declaró Ivy con firmeza.

Heather no dijo nada más, pero Ivy se dio cuenta de que no estaba de acuerdo con ella. Ya no la apoyaba. Y su madre seguía quejándose.

El cuarto sábado por la mañana después de haber salido de la vida de Jordan, Ivy decidió ir a verlo y demostrarle lo enfadada que estaba y que quería que la dejase en paz.

Se recogió el pelo en una coleta para no impresionarlo. Se vistió con unos vaqueros y una camiseta azul, se calzó unas sandalias planas y no se maquilló para no gustarle. Jordan tenía que darse cuenta de que estaba perdiendo el tiempo con ella.

Fue a Sidney y aparcó al lado del edificio Queen Victoria a las doce y diez.

El corazón le dio un vuelco al acercarse a la cafetería y verlo sentado en una mesa, con el periódico abierto, como si estuviese haciendo un crucigrama, esperándola pacientemente. Ivy sintió pánico, se sintió vulnerable.

Se detuvo a una distancia segura de él y lo observó por detrás. No era tan guapo como de frente, pero Ivy no podía ignorar que se había acostado con él, que había pasado los dedos por su pelo moreno, que había apoyado la cara en la curva de su cuello y en su hombro. Y supo que, en cuanto lo mirase a los ojos azules, también vería todo aquello en ellos.

Dudó. Necesitaba que Jordan la dejase tranquila. Vio que otras mujeres lo miraban, deseando captar su atención. Él parecía ajeno a todo, pero seguía teniendo ese carismático magnetismo que atraía a los demás. A ella también la estaba atrayendo. Había sido un error ir allí.

Jordan habría dejado de mandar rosas en algún momento.

No haría falta que ella se lo pidiera.

Solo tenía que dejar de mirarlo y marcharse a casa.

«Vete», se dijo a sí misma, pero entonces Jordan levantó la cabeza. Se puso de pie, se giró y miró a su alrededor. Ivy se quedó de piedra, no pudo marcharse de allí.

Y él la vio. Sonrió al instante. No fue una sonrisa triunfante, sino de alegría. Levantó la mano y la saludó, le hizo un gesto para que se acercase.

Ivy seguía con el corazón acelerado. Se preguntó si Jordan la seguiría si se echaba a correr, pero aquello no habría sido digno. Además, no sabía si habría sido capaz de hacerlo. Le temblaban las piernas.

Se concentró en ponerlas en movimiento y acercarse a Jordan sin dejar de sonreír. Él le ofreció una silla. Ivy se sentó. Jordan cerró el periódico y lo dejó debajo de su silla antes de volver a sentarse, más serio.

—Me alegro de verte, Ivy —le dijo con su voz profunda y sexy.

—Solo he venido a pedirte que dejes de molestar a mi madre —anunció ella.

Jordan se inclinó hacia delante, con los codos apoyados en la mesa y le dijo en voz baja:

—Tenía que hablar contigo. La noche que pasamos juntos… No utilicé ninguna protección y no te pregunté si estabas tomando la píldora. Me preocupaba que hubieses podido quedarte embarazada.

—¡Ah! —dijo ella aliviada. Era un detalle que Jordan hubiese pensado en aquello—. No pasa nada. Era una semana segura. No tienes que preocuparte.

—¿Una semana segura? —repitió él con el ceño fruncido como si no lo entendiese.

—De mi ciclo menstrual —añadió Ivy.

—¿Nunca usas métodos anticonceptivos? —le preguntó con incredulidad.

Ella se inclinó hacia delante y le dijo:

—Ya te advertí que no era tu tipo, que no encajaría en tu mundo. No practico el sexo de forma habitual y hace dos años que no tengo una relación seria, así que no tengo ningún motivo para tomar la píldora.

—¡Ah! —dijo él sonriendo—. En ese caso, me alegra saber que te parecí tan irresistible como tú a mí. Y ese es el segundo motivo por el que quería hablar contigo.

Ivy puso los ojos en blanco y se echó hacia atrás en la silla.

—¿No te he dejado las cosas claras, Jordan? —inquirió exasperada.

—No. Porque tu decisión está basada en suposiciones acerca de mí que no me parecen justas —le dijo él.

No eran suposiciones. Ivy tenía pruebas de cómo era su vida amorosa.

—Todo el mundo sabe que eres un playboy —lo acusó, cruzándose de brazos.

Él hizo una mueca.

–Muchas mujeres se acercan a mí por lo que soy, por quien soy. Y no sería humano si ninguna me resultase atractiva, pero siempre acaban demostrando lo que les interesa en realidad –le contó, sacudiendo la cabeza–. Y nunca es lo mismo que lo que me interesa a mí.

–¿Y qué es lo que te interesa a ti? –le preguntó Ivy, admitiéndose a sí misma que, en cierto modo, Jordan tenía razón.

–Sinceridad –le contestó él.

Ivy pensó que tal vez ser tan rico tuviese sus desventajas, ya que Jordan no sabía quién se acercaba a él solo por su dinero. Ella no quería nada de lo que tenía. Estaba contenta con lo que tenía y no le gustaba la vida que llevaba Jordan. Lo único que le faltaba para ser completamente feliz era un marido que la quisiera, una familia, un futuro con alguien.

Y Jordan Powell no podía ser ese alguien.

Aunque no le importaría volver a acostarse con él.

Eso no podía negarlo.

Todo su cuerpo lo deseaba.

–Bueno, pues yo también quiero sinceridad, Jordan –le dijo, luchando por mantenerse a la defensiva–. ¿Por qué no admites que no soy más que un reto divertido para ti? Alguien diferente con quien jugar. Y que no te gustó que fuese yo quien terminase el juego antes que tú.

–No es un juego, Ivy –le dijo él–. Los juegos no se le escapan a uno de las manos de esa manera.

Ivy recordó el maletero de su coche, las escaleras que llevaban a la casa de Jordan, y los músculos de su vagina se contrajeron instintivamente.

—Es la primera vez que me pasa algo así —añadió él en voz baja—. Lo que te convierte en alguien diferente, Ivy. Único. Y tú también me has dicho que fue una experiencia extraordinaria para ti. Creo que deberíamos explorarlo mucho más. Juntos. Con sinceridad. Sin juegos.

Ivy se dio cuenta de que estaba muy serio, de que no estaba intentando camelarla.

Y pensó en sus padres. Que llevaban viviendo separados desde que ella tenía memoria, pero no se habían divorciado y siempre habían compartido habitación cuando pasaban los fines de semana juntos. Cada uno había respetado sus propios intereses, las necesidades del otro, pero sin romper el vínculo afectivo que los unía.

Aquello no era lo que ella quería para sí misma.

Pero ¿y si no encontraba nada mejor?

Jamás encontraría nada mejor.

Miró fijamente a Jordan Powell y supo que quería más de él. Significase lo que significase… llevase adonde llevase… quería averiguar hasta dónde podían llegar juntos.

Capítulo 9

JORDAN se concentró en hacer acceder a Ivy. La idea de que había estado jugando con él había ido perdiendo fuerza. Su actitud indicaba que no había pretendido que él fuese detrás de ella. Ivy estaba luchando contra la atracción que había entre ambos.

¿O lo tenía todo planeado para que cayese en sus redes?

Al final, había ido.

Y lo estaba obligando a pedirle una oportunidad.

Tal vez Ivy se hubiese propuesto el reto de cazarlo.

Sus fascinantes ojos verdes lo habían devorado, se habían burlado de él, le habían transmitido opiniones implacables, pero en esos momentos, no transmitían nada, no le permitían saber lo que estaba pensando.

Jordan no podía negar que había tenido muchas aventuras, la mayoría, breves. Ivy tenía motivos para pensar que ella no sería más que otra mujer más en su lista. Y podía resultar así. Jordan no podía prometerle lo contrario. ¿Cómo iba a saber cuánto iba a durar la atracción que sentían?

Solo sabía que se le había hecho un nudo en el

estómago mientras esperaba su respuesta. Y eso no le había ocurrido nunca. Nunca había sentido la presencia de una mujer antes de verla, ni se le había acelerado así el corazón al darse cuenta de que su instinto no lo había traicionado, ni había deseado tanto a una mujer cuya presencia ponía de manifiesto que no tenía ningún interés en él.

Estaba enganchado.

Pero eso no quería decir que lo hubiese atrapado.

Sabía que ella no era inmune a él. Y tenía que aprovechar eso para atraparla en su red.

–¿Te gustaría tomar un café mientras lo piensas? –le preguntó, intentando obligarla a comunicarse con él.

La mirada de Ivy volvió a cobrar vida y le reveló vulnerabilidad y miedo.

–Sí –le contestó con voz ronca–. Un capuchino, por favor.

Él llamó a la camarera, le pidió dos cafés y un plato de sándwiches calientes con los que tentar a Ivy. No había nada como compartir comida para sentirse cómodo con otra persona y tenía la sensación de que Ivy tenía todo un dilema acerca de si debía tener algo más con él.

O eso, o era una gran actriz.

Jordan recordó que Margaret le había dicho que no le gustaría que le hiciese daño.

Tal vez fuese eso lo que le diese miedo a Ivy, que le hiciese daño. Para ella, era un playboy…

Para él, era un modo de vida práctico, dadas sus circunstancias, pero estaba empezando a pensar que la situación con Ivy era diferente.

Ella había bajado los párpados, ocultándole sus pensamientos de nuevo. Jordan se inclinó hacia delante para llamar su atención.

–Ivy, para mí no eres una mujer de la que presumir.

Ella lo miró con los ojos brillantes y se echó a reír.

–Cualquiera que nos viese juntos hoy pensaría que te has vuelto loco si creyeses lo contrario.

Él se relajó y rio también.

–Lo que demuestra que es verdad lo que te he dicho. Quiero tu compañía, nada más.

–Umm… –Ivy ladeó la cabeza, pensativa–. Tengo que admitir que yo también disfruté de la tuya. Aunque no sé cuánto duraría nuestra relación. No tenemos mucho en común.

Él pensó que sí que lo tenían: tenían un sexo fantástico e inolvidable.

Tal vez Ivy leyó aquello en sus ojos, porque se ruborizó. Jordan también tuvo que hacer un esfuerzo por tranquilizarse. Si no hubiesen estado en un lugar público… pero no había conseguido mantenerla a su lado solo con sexo la última vez. Tenía que ahondar más en su alma.

Intentó utilizar una de sus encantadoras sonrisas.

–Me gusta que tú tampoco me consideres un trofeo –le dijo.

Era una buena manera de ponerla a prueba.

Ella se enfadó con el comentario.

–Te falta brillo, estás demasiado usado.

–Me importas –le replicó él, sin intentar fingir–. Hay algo especial entre nosotros. Demasiado especial como para despreciarlo. Nunca había esperado a una mujer como te he esperado a ti. Y no me digas que tú no lo sientes, porque sí que lo sientes, Ivy. Lo que hay entre nosotros es diferente a todo lo pasado. Admítelo. Dale una oportunidad. Tal vez sea lo mejor que vayamos a tener los dos.

Una oportunidad.
Sí.
El cuerpo de Ivy estaba deseando volver a sentir el placer que Jordan podía darle y la intensidad con el que este estaba hablando hacía que sus argumentos fuesen demasiado persuasivos como para negarlos. Lo suyo había sido especial. Único para los dos. No se podía garantizar que fuese a durar, pero ninguna relación estaba garantizada.

–¿Qué propones? –le preguntó.
Él se echó hacia delante.
–Podríamos empezar viéndonos los fines de semana. Este fin de semana.

A ella se le aceleró instantáneamente el corazón. No había ido preparada para aquello.

–No me he traído nada. Y todavía no tomo la píldora.

–No necesitas nada. No quiero compartirte con nadie. Ni hoy, ni mañana. Y yo me ocuparé de la protección por el momento.

Ivy sintió pánico. Pensó que se estaba precipitando al tomar una decisión.

–La última vez se te olvidó.
–Te prometo que no volverá a ocurrir.

No se le olvidaría porque tener un hijo con ella no entraba en sus planes. No quería que Ivy se encariñase demasiado con él, aquello sería solo una prueba.

Ella lo miró con intensidad.

—No me mandes rosas. ¡Jamás!

—Hoy estás aquí gracias a que se las he mandado a tu madre. He obtenido el resultado deseado, Ivy —le recordó él.

—¡No me refería a esas! —le dijo ella—. Sino a las rosas que has mandado a todas las mujeres con las que has estado.

Jordan frunció el ceño, sorprendido de que supiese aquello.

Ivy apretó los dientes y le reveló la verdad.

—Me las encargas a mí, Jordan. Es mi empresa la que manda las rosas. Desde este momento, renuncio a ti como cliente. Cuando lo nuestro se termine y empieces a salir con otra, búscate otro proveedor, ¿de acuerdo?

Él se había quedado estupefacto.

A Ivy no le importó. Si empezaba a tener una relación con Jordan, no podría seguir ocultándole cuál era su negocio, y no soportaba la idea de ver cómo enviaba flores a otras mujeres en el futuro.

La camarera llegó con los cafés y los sándwiches. Ivy estaba demasiado nerviosa para comer, pero el café le sentó bien y empezó a tranquilizarse. Mientras lo bebía, observó cómo Jordan iba saliendo de su asombro y se preguntó cómo iba a reaccionar a la noticia.

En realidad, sería una buena manera de demostrarle lo que sentía por ella. Jordan quería sinceridad, pues acababa de dársela. Siguió allí sentado, sin comer ni beber, con la mirada baja y expresión pensativa.

—Ya veo —murmuró por fin en tono irónico—. Ahora entiendo tu escepticismo con respecto a mis intenciones, y que te niegues a tener una relación conmigo. Pero te lo estás pensando y yo quiero que me des una oportunidad porque nuestra conexión es tal que, si no lo haces, nos pasaremos el resto de la vida preguntándonos qué pudo haber pasado entre ambos. Esa es la verdad, ¿no, Ivy? Toda la verdad.

—Sí —respondió ella, haciendo una mueca—. Necesito hacer un acto de fe contigo y no sé si podré.

Él asintió.

—Hazlo. Arriésgate. Merece la pena intentarlo —le sonrió—. Recuerda cómo fue. Y piensa en cómo puede volver a ser.

Eso esperaba ella, porque ya había tomado una decisión.

—Siempre puedes terminar conmigo si te defraudo —le dijo él.

Ivy sonrió.

—No creo que se te dé bien aceptar que otros pongan fin a algo cuando tú no quieres, Jordan. Mi madre es testigo de ello.

—Pero todavía no te he decepcionado, Ivy —le recordó él—. Has dado por hecho que voy a hacerlo. Y no es justo.

Ella se echó a reír.

—De acuerdo. Te prometo que seré justa.

Él arqueó una ceja.

–¿No pensarás en mi pasado?

–Te otorgaré el beneficio de la duda.

–¡Hecho! –exclamó él, golpeando la mesa con satisfacción y levantándose de la silla–. Llévame adonde hayas aparcado el coche –le ordenó, con los ojos brillantes de deseo.

Ivy se ruborizó solo de pensar en lo que habían hecho encima del capó de su coche y señaló los sándwiches.

–¿Y esto?

–No es de eso de lo que tengo hambre. ¿Y tú?

–No, pero no has pagado –respondió Ivy, levantándose también.

Jordan sacó un billete de cincuenta dólares de la cartera y lo dejó encima de la mesa. Luego tomó su mano. Ella se la dio, consciente de la sensación que provocaba el roce de su piel. Se preguntó por qué él, de todos los hombres, tenía que ser quien la excitase tanto. No lo sabía, pero era un alivio poder dejarse llevar por la sensación.

–Vamos al ascensor –le dijo–. Está en el segundo piso del aparcamiento.

Caminaron juntos, con decisión. Ivy iba preguntándose si se había rendido demasiado pronto, si era una loca por haber accedido. Y si había alguna posibilidad real de tener una relación seria con Jordan Powell.

¿Acaso importaba algo si la hacía sentirse así?

Llegaron al ascensor justo cuando las puertas se abrían. Vieron salir a una familia, una familia como la que había esperado formar algún día Ivy. Una familia normal y corriente. Con Jordan nada sería normal y corriente. ¿Estaba loca por haber decidido marcharse con él?

Entraron en el ascensor. Los dos solos. Las puertas se cerraron y Jordan pasó a la acción, abrazándola y besándola apasionadamente. Ella respondió al instante. Llevaba semanas, todo un mes, deseando volver a probarlo, volver a sentirlo.

Estaban los dos tan absortos besándose y tocándose, que no se dieron cuenta de que las puertas del ascensor habían vuelto a abrirse.

—Siento interrumpiros, chicos…

La voz hizo que volvieran a la realidad.

—Estupendo —murmuró Jordan, saliendo del ascensor con Ivy.

A esta le temblaban las piernas. Intentó respirar hondo, recobrar la compostura, orientarse para poder encontrar el coche.

—¿Dónde está el tuyo? —le preguntó.

—¿Mi qué?

Jordan parecía tan distraído como ella.

—Tu coche.

—No he venido en mi coche, me ha traído Ray.

—¿Quién es?

Él dejó de andar, respiró hondo y se giró a mirarla. La agarró de los brazos y clavó sus ojos azules en los de ella.

—¿Estás bien, Ivy? —le preguntó—. ¿No irás a abandonarme otra vez?

—No.

Ivy no habría podido apartarse de él en esos momentos. Lo deseaba demasiado. Cuando él la dejase, si lo hacía, ya haría lo que tuviese que hacer

para recuperarse. Hasta entonces… consiguió sonreír.

–Pero no quiero que volvamos a perder la cabeza. Al menos, aquí.

Él sonrió aliviado.

–Podré esperar un poco más. Y, con respecto a
tu pregunta, Ray es mi chófer, tiene que venir a re-
cogerme a las dos en punto si no lo llamo antes,
pero estaremos en casa antes de que él salga para
buscarme.

–De acuerdo –dijo Ivy, buscando las llaves del
coche en el bolso–. Creo que será mejor que con-
duzcas tú. Conoces mejor el camino a Balmoral.

Además, ella no estaba segura de ser capaz de
concentrarse en la carretera.

Jordan la soltó para tomar las llaves.

–Así me será más fácil no tocarte.

Ivy se echó a reír. Miró a su alrededor y localizó
el coche.

–Por aquí. Los dos debemos tener cuidado.

–No te preocupes, yo cuidaré de ti, Ivy. En todos
los sentidos.

Aquella era una gran promesa e Ivy no supo si
debía creerla, pero estaba deseando embarcarse en
aquella aventura con él. Sabía que, como Alicia en
el País de las Maravillas, algún día tendría que des-
pertarse de aquel sueño. Solo esperaba poder olvidar lo malo y recordar que mereció la pena correr el
riesgo.

Capítulo 10

EN el primer semáforo en rojo, Jordan sacó su teléfono móvil y llamó a su chófer. –No hace falta que vengas, Ray. Voy para casa en el coche de Ivy. ¿Podrías decirle a Margaret que prepare cena para dos? Y tal vez algo de comer también.

–Por supuesto. Y… enhorabuena, jefe.

–Gracias, Ray –le dijo él, consciente de que sus empleados también se habían implicado en su campaña para ponerse en contacto con Ivy.

Aunque Ray lo había apoyado desde el principio y Margaret se había guardado su opinión hasta ver cómo salía la cosa.

Jordan cerró el teléfono y volvió a metérselo en el bolsillo de la camisa, luego miró a Ivy para comprobar que estaba bien antes de volver a centrarse en el semáforo.

–¿Por qué tienes el ceño fruncido? –le preguntó.

Ella suspiró y lo miró con nerviosismo.

–Tu ama de llaves… Supongo que ha visto entrar y salir a muchas mujeres de tu vida, Jordan. Me resulta un poco embarazoso. Sé que no debería importarme lo que piense, pero…

–No te preocupes –le dijo él sonriendo y alargando la mano para apretar la suya–. A Margaret le has caído bien. De hecho, sospecho que tendré muchos problemas si no te trato como debo.

–¿Cómo voy a caerle bien? –inquirió Ivy sorprendida–. Solo hablamos un par de minutos. Y, bueno, era obvio que había pasado la noche contigo.

–Ah, eso fue culpa mía… que me llevé al huerto a una buena chica.

–¿Y cómo sabe Margaret que soy una buena chica?

–Según ella, tienes muy buenos modales. Créeme, siempre y cuando la trates con respeto, ella te respetará también. Los principales valores de Margaret son el respeto y la sinceridad. Una relación sexual sincera entre un hombre y una mujer no le preocupa lo más mínimo. ¿De acuerdo?

–De acuerdo –contestó Ivy, relajándose un poco y sonriendo–. Parece que es todo un personaje.

–Lo es. Contratarla fue una de las mejores decisiones que he tomado en mi vida.

Y tenía la sensación de que conquistar a Ivy era otra de ellas.

El coche que tenían detrás tocó el claxon para advertirles de que el semáforo se había puesto en verde. Jordan puso el coche en marcha, disfrutando con antelación de la idea de tener a Ivy para él solo todo el fin de semana. Así podría tranquilizarla con respecto a tener una relación con él.

Se quedó desconcertado al ver el Porsche plateado de su hermana aparcado en el camino que llevaba a su casa. Además de que no quería que ninguna visita desviase su atención de Ivy, Olivia era una estirada egocéntrica cuyos malos modales podían molestar a cualquiera que no la conociese. Además, si estaba allí, tenía que ser porque quería algo, lo que significaba que querría que él le hiciese caso.

–¡Vaya por Dios! –murmuró, aparcando el coche de Ivy al lado del Porsche.

–¿Tienes visita? –le preguntó ella.

–Mi hermana, que solo viene a verme cuando tiene algún problema, así que no podré deshacerme de ella hasta que no me lo haya contado.

–Si es algo privado, Jordan, no querrá que yo esté presente.

–No, claro que no. ¿Te importaría quedarte un rato charlando con Margaret mientras yo me ocupo del tema? Le diré que te prepare algo de comer. O si prefieres hojear el periódico. Lo siento. No es el comienzo que me hubiese gustado…

–No pasa nada –le aseguró ella enseguida–. Lo primero es la familia, en especial, si hay un problema.

Jordan suspiró con frustración.

–Olivia se pasa el día metiéndose en problemas. Mi padre la mimó demasiado… era su princesita. No te disgustes si te trata con desprecio. No será nada personal.

–Supongo que no, no pinto nada en su vida.

–Pero en la mía sí –le aseguró él–. Claro que cuentas en mi vida, Ivy. Dame tiempo y te lo demostraré.

Le dio un beso, deseando que el deseo que sentían el uno por el otro se impusiera a todo lo demás. Le gustó notar que Ivy respondía con ganas y le costó quedarse solo con un beso. Maldijo a su hermana en silencio. Llevaba un mes esperando a tener a Ivy en su dormitorio y tendría que seguir esperando un rato más.

–Luego –le prometió, obligándose a romper el beso–. Ahora, vas a tener que conocer a mi hermana.

–Sí –susurró ella.

Jordan se obligó a separarse de Ivy, a hacer caso omiso de lo que le pedía su cuerpo y a bajar del coche. De camino a la casa, la agarró del brazo para protegerla.

Era extraño, pero nunca había deseado tanto poseer a una mujer. Tal vez fuese debido a la larga espera que había tenido que soportar para volver a tenerla. Y todavía no la tenía. Esperó que Olivia no se la espantase, porque si lo hacía…

–¡Hola!

Olivia habló nada más verlos entrar por la puerta. Ella salía del salón, con un vaso en la mano. Parecía borracha. Llevaba el rímel corrido, estaba despeinada, tenía la blusa de seda arrugada, lo mismo que los pantalones de algodón.

Tenía los ojos azules y el pelo moreno como él. Era alta y curvilínea, y normalmente impresionaba a la gente, pero a Ivy no iba a causarle una buena impresión. Jordan se acercó a ella, mirándola con desaprobación. Emborracharse no solucionaba las cosas, y conducir borracha era un acto irresponsable, además de ilegal.

–¿Qué estás haciendo aquí, Olivia? –le preguntó sin más.

Ella ignoró la pregunta y recorrió a Ivy con la mirada.

–¿Quién es esta? –preguntó–. ¿Ahora sales con Cenicientas, Jordan? ¿Ya has estado con todas las de tu clase social?

–Ten cuidado con lo que dices o márchate –replicó él–. Hoy no tengo paciencia para tus groserías.

–Lo siento, pero es la primera vez que la veo –contestó ella, encogiéndose de hombros–. ¿Reconocería su nombre?

–Es Ivy. Ivy Thornton. Por desgracia, no me hace ninguna ilusión presentártela, Olivia.

–¡Vaya! Soy tu hermana y no puedes deshacerte de mí. Nos une la sangre. Mientras que Ivy… seguro que acaba convirtiéndose en Ivy La Apestada antes o después. Siempre lo hacen, ¿no?

Olivia tenía razón, pero todavía no había llegado el momento de Ivy y Jordan no iba a permitir que su hermana la espantase.

–¡Te lo he advertido! –le dijo él, abriendo la puerta de la calle–. Llamaré a Ray para que te lleve a casa.

–¡Por Dios santo! ¿Por qué te ofendes porque llame a las cosas por su nombre? –preguntó ella, volviendo a estudiar a Ivy con la mirada–. Tengo que admitir que, al menos, tienes el sentido común de no casarte con ninguna. Mientras que yo… –se interrumpió, poniéndose a llorar de repente– fui tan tonta, que me casé con un cerdo asqueroso que quiere chantajearme y sacarme todo lo que tengo.

–¿Chantajearte? –repitió Jordan preocupado, cerrando la puerta de casa–. ¿Qué información tiene tu marido para chantajearte, Olivia?

Su tercer marido, de veintitrés años, once menos

que ella. Un chico dulce y cariñoso con un cuerpo esculpido en el gimnasio con el que debía de haberle dado muchas horas de sexo. ¿Pero qué había hecho Olivia para que pudiese chantajearla?

Ella sacudió la cabeza e intentó tomar aire.

—Tienes que ayudarme, Jordan. Tienes que hacerlo. Papá lo habría arreglado todo.

Jordan apretó los dientes. Su padre siempre había sacado a la niña de cualquier apuro, lo que significaba que Olivia nunca había aprendido la lección. A él, sin embargo, lo habían educado para llevar un imperio con mano dura y para anticipar las consecuencias de sus actos antes de tomar una decisión.

A pesar de ser consciente de por qué era Olivia como era, Jordan se sintió tentado a dejar que, en esa ocasión, solucionase sus problemas sola, pero si su marido iba a chantajearla, tenía que apoyarla.

—Está bien, tú quieres algo de mí, Olivia. Y yo quiero algo de ti —le dijo.

—¿El qué? —le preguntó su hermana, todavía con lágrimas en el rostro.

—En primer lugar, quiero que te disculpes con Ivy por los comentarios que has hecho acerca de ella. Toma aire e intenta hacerlo bien, por favor, porque, si no, vas a tener que irte al cementerio a pedirle a papá que te saque de esta.

Olivia se quedó boquiabierta.

—Lo siento —balbució después de unos segundos, mirando a Ivy con expresión angustiada—. Es que estoy muy preocupada. Quería que te marchases para tener a Jordan para mí sola. No debería… haber dicho esas cosas –se limpió las lágrimas de los ojos y miró beligerantemente a su hermano–. ¿Te parece suficiente?

–No, pero tendrá que serlo por el momento. La próxima vez que veas a Ivy, será mejor que te comportes como es debido y que intentes aprender de sus buenos modales.

–¡De acuerdo! –replicó Olivia–. Lo siento. ¿Te parece bien?

–Nada de esto me parece bien, Olivia. Vuelve al salón y espérame allí. Y no bebas ni una gota más de alcohol. Si tienes un problema serio, tenemos que hablar de él en serio. Sobrios. Sin hacer más teatro. Voy a dejar a Ivy con Margaret y te traeré un café.

Olivia se fue al salón y cerró la puerta de un portazo, como protesta por haber sido tratada con disciplina. Jordan contuvo su ira y se giró hacia Ivy para abrazarla e intentar compensarla por el daño sufrido.

–Me disculpo por el comportamiento de mi hermana. Está fuera de mi control, Ivy. Se comporta así, indiscriminadamente, cuando está disgustada. Sé que no tiene excusa…

–Pues a mí me parece que has controlado muy bien la situación –le dijo ella sonriendo.

Jordan suspiró aliviado.

–Mis padres mimaron demasiado a Olivia. Solo tenía que pedir un capricho y se lo daban. Me sacaba de mis casillas, y sigue haciéndolo, pero puede estar metida en un lío de verdad con esto del chantaje. Tengo que ayudarla.

–Por supuesto. No me importa lo que haya dicho

tu hermana, Jordan. Sé que no soy ninguna Cenicienta y que nunca he sido La Apestada para nadie. Y tengo la sensación de que la única peste que hay aquí es la riqueza de tu familia.

Eso era cierto, pero Jordan pensó que tendría que averiguar cómo iba el negocio de Ivy.

—La riqueza atrae a estafadores y cazafortunas y Olivia se enamora siempre de ellos —le contó Jordan con cierta amargura.

—Supongo que debe de ser muy desagradable para ella darse cuenta de que la han engañado.

Siempre era desagradable ser engañado. Jordan solo había caído una vez en la trampa, y no volvería a ocurrirle.

—Ya va siendo hora de que piense con la cabeza —comentó él.

—¿Como haces tú?

—Ivy, ya seguiremos hablando de esto más tarde. Ahora, tengo que ir a hablar con mi hermana, antes de que se ponga otra copa.

—Sí, será mejor que le lleves ese café.

Jordan le agradeció su comprensión y que no se enfadase por tener que dejarla un rato. Cada vez le gustaba más y esperaba que estuviese diciéndole la verdad cuando afirmaba no ser una Cenicienta.

Encontraron a Margaret en la cocina. Como siempre, ya había imaginado lo que iban a pedirle y tenía el café en el fuego. A pesar de tener sus reservas con respecto a la relación de Jordan con Ivy, recibió a esta con una sonrisa. El periódico del día estaba encima de la isla, abierto por la sección de viajes, e Ivy se acercó a echarle un vistazo.

Jordan la dejó allí y fue a ocuparse de su hermana, que estaba yendo y viniendo por el salón, nerviosa, pero sin vaso en las manos. Él le pidió que se
sentase y recuperase la compostura.

Esperó a que lo hiciera, intentando ocultar su
impaciencia y sabiendo que tenía que mostrarse
tranquilo. Se sentó en el sillón que había al lado del
sofá en el que se había sentado Olivia y pensó en la
situación.

Olivia le dio un sorbo al café y le dijo:

—Tiene un vídeo haciendo el amor conmigo y va
a ponerlo en internet si no le doy dinero.

—¿Accediste a que se grabase ese vídeo o lo hizo
sin tu permiso?

Ella bajó la vista.

—Yo… esto… me pareció divertido. Algo… ínti-
mo… para después verlo juntos.

Jordan sacudió la cabeza, preguntándose cómo
podía haber permitido aquello.

—Son cosas que ocurren todo el tiempo, Olivia —
le dijo, exasperado—. ¿Por qué no le dices que haga
lo que quiera con él? No hay nada malo en hacer el
amor con tu marido.

—Pero cualquiera podría verlo —gritó ella—. Es
humillante, Jordan. No soporto la idea de que me
vea la gente.

—Tienes un cuerpo espectacular. No te importa
enseñarlo. No serás la primera heredera en salir así
en internet.

«Y tal vez así la próxima vez tengas más cuidado», pensó Jordan.

Ella hizo una mueca y gritó:

—No es solo eso.

—Entonces, deja de marearme y cuéntame la verdad, Olivia.

Ella se levantó del sofá y empezó a gesticular con las manos, sin mirarlo.

—No sabía lo que hacía. Ashton se había llevado a un amigo, que también estaba como un tren. Habíamos tomado cocaína. El caso es que hicimos un trío. Y eso es lo que sale en el vídeo.

—¿Todo? ¿Lo de la cocaína también?

—Sí.

—¿Tomas cocaína habitualmente, Olivia?

Ella golpeó los pies contra el suelo, molesta por la pregunta.

—Todo el mundo lo hace en las fiestas. Ya lo sabes —le contestó gritando.

Él la fulminó con la mirada, en silencio. Muchas personas lo hacían, pero él no y Olivia lo sabía. Solo bebía con moderación y nunca consumía drogas, y tampoco quería que su hermana lo hiciera.

—No lo hacía con frecuencia hasta que Ashton empezó a traerla a casa con regularidad —añadió.

Tal vez fuese verdad.

—Está bien —dijo Jordan más tranquilo—. Ahora lo entiendo. Siéntate mientras pienso en cómo sacarte de este lío.

Aliviada por haberse quitado semejante peso de encima, Olivia se dejó caer en el sofá y siguió tomándose el café mientras miraba a su hermano con nerviosismo.

Jordan fue pensando todo lo que debía hacer. Llamaría a su abogado para que este le contase los aspectos legales del tema. Llamaría al hombre que se ocupaba de su seguridad. Tendrían que ponerle un micro a Olivia y conseguir que Ashton hablase con ella del chantaje. Luego, le amenazarían con denunciarlo. Jordan estaba seguro de que podrían llegar a un acuerdo. Olivia tendría que estar sobria hasta que se resolviese el problema, y luego, la metería un mes en una clínica de rehabilitación.

Sacó su teléfono móvil y llamó a su madre. Por suerte, estaba en casa. Jordan le contó lo que ocurría y ella accedió a ocuparse de Olivia y a asegurarse de que estuviera sobria al día siguiente para tener una reunión todos juntos. Así él podría estar el resto del día y toda la noche con Ivy.

Luego llamó a Ray para que sacase el Bentley y llevase a Olivia a casa de su madre, en Palm Beach. Él mismo le llevaría el Porsche a la mañana siguiente. Olivia, consciente de que su hermano se había hecho cargo de su problema, siguió todas sus órdenes sin rechistar.

La vio subirse al coche y luego decidió que todo aquello podría esperar al día siguiente.

Ivy lo estaba esperando.

Ivy le había dicho una y otra vez que no encajaba en su mundo de fiestas, cotilleos, competencia y celebridades de altos vuelos que tonteaban con la cocaína, el éxtasis o la marihuana. Él también actuaba en parte como espectador de todo aquello, pero si metía a Ivy en ese mundo…

No, no encajaría.

Él no quería que encajase.

Era el hecho de ser diferente lo que lo atraía tanto.

Tenía que mantenerla alejada de todo aquello, pero sin sacarla de su vida.

Ni de su cama.

Decidido a ello, Jordan volvió a entrar en su casa, en busca de la mujer a la que deseaba.

Capítulo 11

A IVY le sorprendió llevarse tan bien con Margaret. Consciente de que esta debía de sentir curiosidad acerca de su decisión con respecto a Jordan, le contó directamente que se dedicaba a cultivar rosas y que no había pensado que mereciese la pena dejarse llevar por la atracción que sentía por él, teniendo en cuenta que conocía su historial con las mujeres.

−¡Santo Dios! ¡Y él, mandándoselas a tu madre! −había dicho Margaret sorprendida.

−Sí, para el negocio era estupendo, pero tenía que parar.

Margaret se había echado a reír.

−Entonces, vas a darle una oportunidad.

−Me gusta −había admitido ella, sin añadir que lo deseaba tanto, que le daba miedo.

−Sí, es muy agradable −había dicho Margaret sonriendo−. Yo no trabajaría para él si no lo fuese.

Aquello, junto a cómo se había comportado Jordan con su hermana, hizo que Ivy pensase que no estaba cometiendo un grave error al tener una relación con él, aunque durase poco. Además, tal vez las mujeres con las que había salido hasta entonces fuesen todas unas cazafortunas, y ella no lo era.

Margaret le había preparado un plato con cosas para picar: queso, dátiles, bolitas de melón envueltas en jamón, tomates secos y aceitunas, e Ivy se había dado cuenta de que tenía apetito.

Mientras comía, le había preguntado a Margaret qué tipo de viajes le interesaban, ya que el periódico estaba abierto por esa sección. Al parecer, esta había viajado por casi toda Europa, ya que ahorraba para hacer al menos un viaje al año. Lo siguiente en su lista era América, más concretamente, California y México.

—Yo no he viajado nunca —le había confesado Ivy—. Unos amigos míos han hecho un crucero por el Rin, y había pensado en hacerlo yo también al año que viene.

—¿Y por qué no este año?

A Ivy se le encogió el corazón de repente al oír la voz de Jordan, que acababa de entrar en la cocina y la miraba con interés. Al parecer, ya no estaba pensando en su hermana.

—Creo que los cruceros empiezan en mayo. Estamos en marzo. Dentro de dos meses, recorreremos el Rin juntos, Ivy. Me encantaría compartir esa parte de Europa contigo —añadió, deteniéndose a su lado y tomando un trozo de melón del plato—. ¿Podrías dejar tus rosas unos días para venir conmigo?

Jordan comió también algo de queso mientras Ivy intentaba recuperarse de la sorpresa.

—¿Te gusta viajar rodeado de turistas normales y corrientes? —le preguntó.

—Me gustará lo que te guste a ti.

Ivy pensó que se lo había dicho en tono decidido y

supo que Jordan podría dominar cualquier situación. Seguro que conquistaba al resto de los pasajeros del barco y animaba el crucero. Y, con respecto a ella, le encantaría tenerlo de compañero de viaje. Además, si pasaban tiempo juntos, resolverían sus diferencias y comprobarían si podían ser compatibles. Y, después, seguirían con su relación o la romperían.

No obstante, había un problema.

—No podemos hacerlo —dijo Ivy sacudiendo la cabeza—. No este mayo. Hay que reservar con un año de antelación.

—Siempre hay gente que anula el viaje. Déjamelo a mí y veré si puedo encontrar un hueco.

Estaba decidido a ir y a llevarla con él, tan decidido, que Ivy sospechó que iba a comprar ese hueco. Eso hizo que se sintiese incómoda. ¿Por qué le importaba tanto aquel viaje? ¿Por qué tenía que salirse siempre con la suya?

Se dio cuenta de que había sucumbido a su poder sin conocerlo realmente, sin saber hasta dónde podía llegar para conseguir lo que quería.

—Está bien —dijo por fin—, podría tomarme unos días libres, pero insisto en pagar yo mi viaje.

No iba a permitir que Jordan pensase que la estaba comprando. Además, Ivy necesitaba ser independiente, por si decidía que no le gustaba su relación y quería terminarla.

Él sonrió triunfante.

—Lo que tú quieras, Ivy. Solo quiero que hagamos el viaje juntos.

Ella también lo quería. Así podría saber cómo era Jordan en solo unos meses y no le ocurriría como con Ben, que la había decepcionado cuando más lo había necesitado.

–¿Has comido suficiente? –le preguntó Jordan.

Y a ella se le hizo un nudo en el estómago.

Jordan no quería más comida, sino sexo.

–¿Qué has hecho con tu hermana? –quiso saber ella.

Él sonrió y le tendió la mano para que se bajase del taburete.

–La he mandado a casa de mi madre. Ven. Voy a enseñarte el resto de la casa. ¿Quieres que Margaret nos prepare algo de comer o prefieres que cenemos temprano?

Ella le dio la mano y deseó sentir las de él por todo el cuerpo.

–Ya he comido suficiente. Gracias, Margaret.

–Entonces, cenaremos temprano –decidió Jordan.

–Llámame cuando quieras la cena –le respondió Margaret en tono seco.

Por supuesto, sabía lo que iba a hacer. Debía de estar acostumbrada a aquello, e Ivy no pudo evitar desear que no fuese así. Intentó no pensar en el pasado de Jordan y concentrarse en el presente.

–¿Le has pasado el problema del chantaje también a tu madre? –le preguntó mientras volvían al recibidor.

–No, me ocuparé de ello mañana, cuando Olivia esté sobria –respondió él–. Lo que significa que nuestro fin de semana va a ser más corto de lo esperado. Tendré que irme a Palm Beach por la mañana para tener una reunión familiar.

–Espero que puedas solucionarlo –le dijo ella con toda sinceridad.

–No te preocupes, Ivy. Lo solucionaré de un modo u otro. De hecho, pretendo que mi hermana se lleve una buena lección –añadió con decisión.

La condujo hacia las escaleras. Ya le enseñaría la casa más tarde, después…

A Ivy se le aceleró el pulso mientras subían.

–Olivia tampoco volverá a hablarte así –añadió Jordan.

Ella suspiró y le sonrió.

–Supongo que todos tus amigos pensarían lo mismo de mí, Jordan.

Él le apretó la mano cariñosamente.

–Me da igual lo que piensen. Solo me importa lo que tenemos juntos.

La intensidad de su voz hizo que Ivy sintiese un escalofrío. Ella también quería aquello que tenían juntos, lo quería tanto como él. Llegaron al dormitorio y ya nada más importó. Se besaron como si aquella fuese a ser la última vez, se desnudaron con urgencia y cayeron juntos sobre la cama, con las piernas y los brazos enredados, acariciándose, agarrándose, poseyéndose, con sus cuerpos consumidos por la pasión, alimentando la necesidad de tomar y de dar.

Jordan juró entre dientes al recordar la protección, se apartó de Ivy un momento, sacó un preservativo del cajón de la mesita de noche y se lo puso. Aquello hizo que ella se sintiese extrañamente triste. No tendría un bebé con Jordan. Nunca. Aquel no era el fin de esa relación, pero ella lo había aceptado así, ¿no? Y lo aceptó en ese momento al notar cómo la penetraba.

El placer fue creciendo en Ivy mientras Jordan entraba y salía de su cuerpo hasta explotar en su interior, haciéndola sentir una dulce paz. «Sí», pensó muy feliz. Por aquello, merecía la pena sufrir después.

Se quedó con la cabeza apoyada en el corazón de Jordan, sonriendo mientras escuchaba sus latidos, cada vez más suaves. Él también debía de estar más tranquilo, después de la espera. Debía de estar contento de que hubiese accedido a verlo de nuevo. Empezó a acariciarle la espalda y ella sintió un cosquilleo de placer en la piel. Él le quitó la goma que llevaba en la trenza.

—Con este pelo y esta piel, podrías haber posado para el *Nacimiento de Venus*, de Botticelli –murmuró–. Es un cuadro maravilloso, que está expuesto en la galería Uffizi, en Florencia. Podríamos ir a Italia después del crucero y…

—No lo creo –protestó Ivy–. Solo con el crucero pasaremos un mes fuera. Y ni siquiera me has enseñado aún los cuadros que tienes en casa.

Él se echó a reír.

—Tú los eclipsas a todos, pero cuando tenga la energía y las ganas necesarias, te los enseñaré.

—Umm… no tengo prisa.

—Me alegro, porque yo tampoco quiero darme prisa esta vez.

La besó y la acarició de manera muy sensual. Ambos se movieron lentamente, como si se tratase de un lánguido baile.

Él le habló en tono seductor de los fantásticos paisajes que verían y de los placeres que compartirían en Europa: de las increíbles estatuas de Praga, el magnífico palacio de Schönbrunn en Viena, de los viñedos del valle de Wachau, de la gran cantidad de castillos situados a lo largo del Rin, de la sorprendente cantidad de oro que decoraba la catedral del monasterio de Melk.

–Tú ya lo has visto todo –comentó Ivy.

–Pero hace mucho tiempo. Mis padres nos llevaron de viaje a Olivia y a mí, como parte de nuestra educación.

«Entonces, no fuiste con otra mujer», pensó ella, sintiéndose aliviada. Era ridículo desear algo exclusivo para ella, sabiendo que era un hombre muy experimentado.

–Además, lo disfrutaré mucho más estando contigo –le dijo él, sonriéndole, haciendo que su corazón se derritiese por que aquello fuese verdad.

–Hablando de cuadros, ¿por qué decidiste poner esos de Sidney Nolan en tu habitación? –le preguntó Ivy, deseando entenderlo mejor–. ¿Tienes alguna afinidad con su famoso protagonista o solo te pareció que su armadura negra pegaba con el resto de la decoración?

Él evitó responderle preguntando:

–¿A ti te gustan?

–Son estupendos, pero pensé que tendrías algún desnudo en el dormitorio.

Él sonrió.

–No necesito ese tipo de estimulación.

Ella se echó a reír.

–Todavía no has contestado a mi pregunta.

Jordan le acarició los labios con la punta de los dedos.

–Me recuerda que debo estar siempre armado. En especial, en el dormitorio. Solo tú has hecho que lo olvide, Ivy.

La besó como si quisiera absorber de ella aquel poder, como si quisiera volver a ser el hombre que nunca perdía el control. Y entonces volvieron a hacer el amor. No fue hasta mucho después cuando Ivy pensó en lo que Jordan le había dicho acerca de estar armado.

Era hijo de un multimillonario, y multimillonario por derecho propio. Un blanco para personas que deseasen una parte de lo que tenía para sus propios fines, dentro y fuera del dormitorio. Ivy pensó que pocas personas podrían engañarlo en los negocios, pero en la intimidad uno era más vulnerable. Jordan había visto cómo su hermana caía en la trampa tres veces.

¿Sería ese el motivo por el que vivía como un playboy?

En lo esencial, llevaba una vida solitaria.

Y ella también estaba sola.

Disfrutó de la compañía de Jordan mientras este le enseñaba la casa. Y durante la deliciosa cena que Margaret les había preparado. También disfrutó del sensual baño que se dieron en la piscina después de cenar, y del acto sexual que compartieron después. Con él, Ivy no se sentía sola, y esperaba que a Jordan le pasase lo mismo.

Antes de que este se marchase a ver a su familia

a la mañana siguiente, desayunaron contentos y relajados, e hicieron planes para que él pasase el fin de semana siguiente en el campo con ella. Ivy volvió a casa sintiéndose muy viva, y esperando poder construir con él un mundo independiente y reservado que nadie les pudiese estropear.

Sabía que era una tontería esperar aquello.

Siempre se infiltraría alguna otra cosa.

Pero estaba decidida a disfrutar de Jordan mientras pudiese.

Capítulo 12

EL lunes, Heather se puso muy contenta al enterarse de lo que había ocurrido entre Ivy y Jordan Powell, e insistió en que el tesón de este significaba que se sentía realmente atraído por Ivy. También le dijo a su amiga que le gustaría conocerlo cuando fuese a la finca al fin de semana siguiente.

Sacha llamó al final de la tarde para informar a su hija de que ya no le habían llegado más rosas, y para preguntarle qué quería decir aquello. ¿Había visto a Jordan? ¿La había convencido él de que volviesen a verse? Cuando Ivy le contestó afirmativamente, Sacha se puso muy contenta y le dio toda una lista de las ventajas que tenía salir con un hombre como él. Sobre todo, la de vivir de un modo mucho más civilizado que el que llevaba en la finca.

Ivy no le contó lo del crucero a ninguna de las dos, pensando que faltaba demasiado tiempo para hablar del tema, aunque Jordan consiguiese reservar las plazas. ¿Quién sabía lo que podría ocurrir con ellos hasta entonces? Sabía que Heather y Barry podrían llevar el negocio sin problemas mientras ella estuviese fuera, y que se alegrarían de poder ayudarla. No obstante, no podía evitar sentir que lo que tenía con Jordan era demasiado bueno para que durase.

Todas las noches de esa semana, Jordan la llamó para charlar con ella un rato de lo que habían hecho durante el día. Sin entrar en detalles escabrosos, Jordan le contó lo que habían hecho con la amenaza de chantaje de su hermana: ofrecerle a su marido una cantidad razonable por divorciarse, y mandar a Olivia a un centro de desintoxicación para que se recuperase. Con un poco de suerte, su hermana habría aprendido algo y la siguiente vez tendría más cuidado.

Ivy pensó que ser rico no era tan bueno como parecía. Aunque cuando el viernes llegó Jordan con la noticia de que había conseguido reservar dos plazas en el crucero por el Rin, Ivy no pudo evitar sospechar que había utilizado el poder de su dinero para conseguirlo.

—¿Hemos tenido suerte y ha habido una devolución o has sobornado a alguien para que no vaya al viaje, Jordan? —le preguntó, buscando la verdad en sus ojos.

Él se encogió de hombros.

—Hice una oferta. Y alguien la aceptó. Lo que otras personas decidan no nos afecta a nosotros, Ivy. Lo que importa es que vamos a ir.

A ella no le pareció bien lo que había hecho.

—Has estropeado sus planes. Seguro que estaban deseando hacer el crucero. ¿No te remuerde la conciencia?

Él frunció el ceño.

—Yo no les he obligado a tomar la decisión. Supongo que han pensado que así tendrían más dinero para gastárselo en otro viaje.

–¿Cuánto dinero más?

Él hizo un ademán para quitarle importancia.

–Eso es irrelevante. Ya está hecho.

–Pero yo debería darte la mitad de lo que hayas pagado –argumentó Ivy.

–¡No! Yo he tomado la decisión. Y he pagado el precio.

–No teníamos por qué ir –protestó ella, todavía incómoda por lo que Jordan había hecho.

–Yo quiero ir –le contestó él, abrazándola–. Y tú, también, Ivy.

Ella lo miró y lo deseó, y la tentación hizo que todo lo demás se le olvidase. No obstante, murmuró:

–No me habría importado esperar.

–Este es nuestro momento, Ivy –murmuró él en tono seductor, acariciando sus labios con los de él–. Disfrutémoslo al máximo.

Nuestro momento.

Ivy se entristeció al pensar en aquello, ya que implicaba que su tiempo era limitado. Al final del crucero, su relación habría durado cuatro meses.

¿Tenía ella las mismas expectativas que Jordan?

Su cuerpo ansiaba lo que él podía darle.

Sí. Tenía que disfrutarlo al máximo.

Durante el resto del fin de semana, no pudo culpar a Jordan de nada más. Se mostró muy interesado por el funcionamiento de la finca y del negocio, y ella disfrutó mucho enseñándoselo y explicándoselo todo.

Graham y Heather fueron a comer con ellos el sábado y Jordan les impresionó a ambos al apreciar su contribución al éxito de la finca. No se comportó en absoluto como un playboy, y habló de su propia experiencia con sus empleados, comentando lo mucho que valoraba poder confiar en ellos. Graham enseguida se sintió cómodo con él y Heather no pudo dejar de babear por él. ¡Era tan guapo!

Cuando mencionaron el crucero, ambos le aseguraron a Ivy que se ocuparían de todo en su ausencia.

Ivy se relajó y disfrutó de cada minuto con Jordan. Este hacía que fuese muy fácil, era el amante perfecto en todos los sentidos.

Durante la semana siguiente, volvió a llamarla todas las noches. El sábado por la mañana, llegó a la finca en helicóptero y se la llevó a puerto Macquarie, un complejo turístico que había en la costa norte de Nueva Gales del Sur, donde estaba construyendo otro complejo residencial para ancianos y un asilo. Compartió con ella su visión del sitio, impresionándola una vez más con lo mucho que se preocupaba por las personas mayores. Comieron en los mejores restaurantes de la ciudad y durmieron en un lujoso apartamento con vistas al mar.

Jordan no parecía aburrirse los fines de semana que pasaba con ella en la finca y en los fines de semana alternos la llevaba siempre a algún lugar especial. Él lo pagaba todo e Ivy había decidido no protestar. Estaba haciendo que viviese una experiencia única y, aunque solo durase seis meses, que era lo que más le había durado a él una relación antes, iba a disfrutarla al máximo.

Ella cada vez pensaba menos en el final. Estaba tan bien en compañía de Jordan, que le daba miedo pensar en que se podía terminar. Lo amaba. Le gustaba todo en él. Y vivía pensando en el siguiente momento que iban a pasar juntos.

La semana antes de marcharse de crucero, Ivy decidió darse el capricho de ir de compras para ir bien vestida a las cenas en el barco. Su madre le sugirió que fuese a las tiendas que había en la bahía y que comiesen juntas, dado que no habían vuelto a verse desde el día de la exposición. Ivy se lo contó a Jordan y este la invitó a que se quedase a dormir esa noche en Balmoral y le enseñase lo que había comprado.

Ivy estaba probándose un traje violeta en la boutique de Liz Davenport cuando Olivia Powell entró en la tienda acompañada de otra mujer.

Como no habían vuelto a verse desde el desagradable episodio en casa de Jordan, Ivy dudó antes de saludarla, pero era la hermana del hombre al que amaba, así que tampoco le pareció bien ignorar su presencia.

Estaba preguntándose qué hacer cuando Olivia se dio la vuelta y la vio. Arqueó las cejas, sorprendida, y luego la miró divertida.

—Bueno, bueno, bueno, pero si es la granjera de Jordan —comentó.

—¿Quién? —le preguntó su acompañante.

—Querida, este es el motivo por el que Jordan está desaparecido de la escena pública.

La otra mujer miró a Ivy con ávida curiosidad.

—¿Una granjera?

–Umm… eso me dijo mi madre cuando le pregunté por ella.

–Entonces, ¿qué está haciendo aquí?

–Buena pregunta. Tal vez Jordan haya decidido que quiere que vaya bien vestida.

Ninguna de las dos mujeres bajó la voz para hacer aquellos comentarios e Ivy lo oyó todo y fue consciente de la antipática actitud de Olivia hacia ella. Jordan no estaba allí para defenderla y, cuando Ivy vio a Olivia acercarse a ella con aquel maléfico brillo en los ojos, supo que iba a someterla a una humillación pública.

El orgullo hizo que se quedase donde estaba.

Olivia se acercó más, sonriendo de manera burlona.

–¿Has conseguido que Jordan te dé dinero para comprarte ropa, Ivy?

Esta se ruborizó, avergonzada. Tenía la boca seca. Se humedeció los labios con la lengua y respondió:

–No, no acepto nunca dinero de Jordan, Olivia.

–¿No? Entonces estarás invirtiendo en ti misma, ¿no? Para intentar demostrarle que puede sacarte de su dormitorio.

Ivy negó con la cabeza.

–¿Por qué te ensañas así conmigo, Olivia? –le preguntó–. Yo nunca te he hecho nada malo.

–La gente como tú me ha dado muchos golpes. Eres como Ashton, pero deja que te diga que Jordan es más listo que yo. Estás perdiendo tu tiempo y tu dinero con él. Tal vez hayas llegado a su cama, pero no irás más lejos. Como sobrepases el límite que él te ha puesto, te dejará, como a todas las demás.

Ivy pensó en todo lo que Olivia había dicho, en los límites, en que él ya no se relacionaba con sus amigos, y no pudo protestar. No tenía sentido continuar con aquella conversación. Miró a Olivia a los ojos, que eran iguales que los de Jordan, y supo lo que ya había sabido desde el principio, pero le dolió mucho más. Ella no formaba parte de su mundo y nunca lo haría.

—Gracias por preocuparte por mí —le dijo.

Por lo menos, consiguió que Olivia la mirase sorprendida.

—Ahora, perdóname —continuó con toda la dignidad de la que pudo hacer acopio—. Tengo que volver a ponerme mi ropa. Ten por seguro que pronto habré salido de la vida de tu hermano.

No esperó la respuesta, fue derecha al probador. Ya no le interesaba comprarse ropa. Por suerte, Olivia y su amiga se habían marchado cuando salió. Se dirigió al lugar en el que había quedado con Sacha a comer y pidió una taza de café mientras esperaba a que llegase, maldiciéndose en silencio por haberse enamorado de un hombre al que jamás podría tener.

Sacha llegó contenta, hasta que vio que su hija no tenía bolsas con compras a los pies.

—¿No has encontrado nada que te guste? —le preguntó decepcionada.

Ivy consiguió sonreír con ironía.

—Me he encontrado con la hermana de Jordan y he perdido la cabeza.

Su madre frunció el ceño y se sentó.

–¿Qué quieres decir?

–Quiero decir que me he dado cuenta de que soy una tonta por enamorarme de él y de que tengo que terminar con lo nuestro ahora mismo.

Sacha dio un grito ahogado, horrorizada.

–Pero, querida, si vas a hacer ese maravilloso crucero con él la semana que viene.

Ivy no podía hacerlo, se sentía destrozada por dentro. Los ojos se le llenaron de lágrimas. No había llorado desde la muerte de su padre, pero aquello también era como una muerte, la de unas esperanzas y unos sueños que su corazón jamás debería haber albergado. Avergonzada por haber perdido el control, se tapó la cara con las manos e intentó relajar la tensión que tenía en el pecho.

–Oh, Ivy.

Su madre la abrazó y le acarició el pelo. Eso hizo que le costase todavía más controlarse, pero por fin lo consiguió, ya que odiaba la idea de montar un espectáculo en un lugar público.

–Estoy bien –balbució–. Lo siento. Por favor... vuelve a sentarte.

–Ivy, sé que no he sido el tipo de madre que probablemente habrías querido, pero... déjame que te ayude.

–No puedes ayudarme. Ha sido un error.

Sacha volvió a sentarse al otro lado de la mesa mientras Ivy se secaba el rostro con un pañuelo de papel que había encontrado en el bolso. Consciente de que su madre la estaba mirando con preocupación, respiró hondo varias veces y se obligó a sonreír un poco.

–Tenía que haberme mantenido fría. Eso es todo –dijo por fin.

–En el amor, no se trata de eso –le dijo su madre–. No fue sensato que tu padre y yo nos enamorásemos, éramos una artista hippie y un veterano de Vietnam que necesitaba recuperar el gusto por la vida. Y todavía fue menos sensato que nos casásemos, pero, ¿sabes una cosa, Ivy? Jamás me he arrepentido de ello. Robert es el único hombre al que he amado y me alegro de haber podido vivir la experiencia.

Ivy suspiró, recordando cómo se había convencido a sí misma para tener algo con Jordan… Se había dicho que era una experiencia que merecía la pena tener.

–Supongo que la diferencia está en que… papá también te quería a ti.

–¿Estás segura de que Jordan no te quiere? –le preguntó Sacha–. Ha sido muy, muy atento contigo.

–Yo diría que siente más pasión que amor.

–El amor y la pasión pueden estar entrelazados.

Ivy se encogió de hombros.

–Durante los fines de semana que vino a la finca, fuimos a cenar varias veces a casa de mis amigos. Todos querían conocerlo y él fue encantador. Sin embargo, los fines de semana que he estado con él, fuera de la finca, siempre me ha llevado a alguna parte. No me ha presentado a ningún amigo. Solo a su hermana, y de casualidad. ¿Qué te sugiere eso?

–Tal vez que te quería para él solo.

–Eso no es lo que Olivia piensa. Cree que le gusto en la cama, pero que no valgo para ser su compañera en público.

–Lo que ella piense no tiene por qué ser lo que siente su hermano –replicó Sacha con decisión–. Deberías hablar con él al respecto, Ivy. Todas las rosas que me mandó… Quería tener una oportunidad contigo. Al menos, dale la oportunidad de que te explique cómo ve él vuestra relación.

Ivy recordó la insistencia de Jordan en que fuese justa y no lo prejuzgase, a pesar de que ella lo veía todo muy claro.

En realidad, Jordan no la había defraudado.

Ella se había dejado cegar por el amor que sentía por él, deseando que aquello tan especial que compartían fuese mucho más de lo que era. No obstante, su madre tenía razón. Era justo decirle a Jordan a la cara por qué había decidido terminar con lo suyo.

–No te preocupes. Ya no te mandará más rosas –le dijo–. Me está esperando en Balmoral, así que iré y hablaré con él.

–Pero asegúrate de escuchar tú también, Ivy –le aconsejó Sacha.

–Lo escucharé –le prometió ella, tomando la carta que había encima de la mesa–, pero no quiero seguir hablando del tema, Sacha. Vamos a pedir.

No tenía apetito.

Tenía un nudo en el estómago.

Solo quería dejar de pensar en lo que tenía que hacer esa tarde. Hablaría con su madre de sus cuadros. Su arte se había convertido en su vida fuera del matrimonio. Eso mismo tendría que hacer ella, crearse una vida sola porque no encontraría a otro hombre. No podía haber otro como él. Era imposible.

Capítulo 13

SU teléfono móvil sonó justo cuando Jordan iba a entrar en una reunión. «Ivy», pensó sonriendo mientras se sacaba el teléfono del bolsillo de la chaqueta. Eran casi las tres. Debía de haber terminado las compras e iría de camino a Balmoral. Charlaría con Margaret hasta que él llegase.

Hizo un gesto para que todo el mundo entrase en la sala de juntas mientras él respondía.

–Jordan, soy Olivia.

Él dejó de sonreír, frunció el ceño. ¿Qué quería su hermana?

–Creo que tal vez haya cometido un error –continuó esta.

Él puso los ojos en blanco.

–Olivia, me están esperando para una reunión –le dijo–. Te llamaré cuando haya terminado.

–¡No, espera! –le pidió ella–. Se trata de Ivy.

–¿Qué error has cometido? –le preguntó Jordan, temiéndose lo peor.

–Estaba de compras en la bahía con Caroline Sheldon. El caso es que entramos en la boutique de Liz Davenport y allí estaba Ivy, probándose un traje de chaqueta de unos setecientos dólares.

—¿Y?

—Bueno, que, naturalmente, pensé que tú le habías dado el dinero para que se comprase ropa decente para poder encajar en tu círculo. Yo hice lo mismo con Ashton.

—Ivy no se parece en nada a Ashton —replicó él, furioso con su hermana.

—¿Y cómo iba a saberlo yo? Mamá me dijo que trabajaba en una granja y eso encajó con lo que había visto yo el día que la conocí.

—Tiene una finca y un negocio de rosas. Un negocio sólido, lo he comprobado —le dijo él, casi gritando—. Puede permitirse comprar la ropa que quiera.

—Bueno, pues es culpa tuya por no habernos contado nada de ella —se defendió Olivia.

—¿Qué has hecho?

—Como yo había tenido que pedirte que me salvases, pensé que estaría bien salvarte yo a ti, por una vez.

—¿Salvarme de qué?

—¡De una cazafortunas! Salvo que... no creo que lo sea. Lo que me respondió... la cara que puso... No encaja. Y cuanto más lo pienso, más tengo la sensación de que he cometido un error, porque creo que va a dejarte y tal vez tú no quieras eso.

—Tienes razón, no lo quiero —le dijo él muy serio, sabiendo que podía perder a Ivy por culpa de su hermana.

—Por lo menos te lo he contado, Jordan. Seguro que puedes arreglarlo todo, ahora que lo sabes.

—Gracias, Olivia —le dijo él entre dientes—. También podrías llamar a Caroline Sheldon y contarle que Ivy es la persona más auténtica y encantadora que he conocido en toda mi vida.

Era la verdad.

–Entonces, ¿por qué no se la has presentado a nadie? –quiso saber Olivia, queriendo justificarse.

–Porque todavía estoy intentando convencerla para que quiera estar en mi vida.

–¿Y por qué no iba a querer?

Aquello era impensable para su hermana.

–Porque piensa que no tiene nada que ver con personas como tú –le respondió él, incapaz de contener su ira–. ¿Y sabes qué, Olivia? Que es verdad.

Colgó el teléfono y se quedó unos segundos inmóvil, intentando tranquilizarse y analizar la situación. Tenía el corazón acelerado. ¿Qué podía hacer para reparar el daño que había causado Olivia? Había cosas que no podían arreglarse. Ivy estaría convencida de que no encajaba en su mundo. Y eso ya lo había separado de ella en una ocasión. Tendría que luchar de nuevo por mantenerla a su lado.

Ivy le había alegrado la vida más que ninguna otra mujer. Siempre era un placer estar en su compañía, ya fuese en la cama o fuera de ella. Se divertía más en las fiestas de los amigos de Ivy, que eran personas poco complicadas, satisfechas con sus vidas en el campo, que en las fiestas de la alta sociedad. Sabía de dónde venía Ivy, sabía que querría volver allí y, aunque la comprendía, tenía que evitarlo porque no estaba preparado para aceptar el vacío que dejaría en su vida.

Marcó su número de teléfono móvil. Necesitaba hablar con ella.

Pero no obtuvo respuesta. Estaba apagado.

¿Se habría marchado a su casa?

No. Ivy no volvería a marcharse sin despedirse de él. Le había prometido que sería justa, lo que debía de significar enfrentarse a lo que Olivia le había dicho. Así pues, iría a Balmoral esa tarde, tal y como habían quedado. Él tendría entonces la oportunidad de convencerla para que se quedase a su lado. Costase lo que costase, no iba a perderla.

Confiado en poder conseguirlo, Jordan se puso a pensar en la reunión que lo estaba esperando. La terminaría lo antes posible. Dos frustrantes horas después estaba en la calle, intentando llamar a Ivy, que seguía sin responder. Llamó a Margaret porque necesitaba saber si Ivy había llegado a su casa.

–Sí. Hace unos veinte minutos, pero… –no dijo más.

–Pero, ¿qué? –insistió Jordan, queriendo que le diese toda la información posible para saber a qué atenerse.

–Está muy rara. Ya sabes que me cae muy bien y siempre charlamos un rato. Siempre estoy deseando que venga porque es muy agradable, natural y divertida, y estoy segura de que a ella también le gusta mi compañía, pero hoy, no. Está muy disgustada. Ha rechazado una taza de café y me ha dicho que te quería esperar en la pagoda.

En vez de esperarlo en casa.

–Tampoco ha traído bolsa de viaje –añadió Margaret, preocupada–. Lo he comprobado.

Así que no tenía intención de quedarse a dormir.

–Y si hubiese estado de compras, que se supone

que era el plan, me lo habría contado. Así que, como me has pedido mi opinión, te digo que algo va mal, Jordan, y no me gusta.

A él tampoco le gustaba.

–Tiene el teléfono apagado. ¿Puedes llevarle el inalámbrico a la pagoda, para que pueda hablar con ella?

–De acuerdo. Voy hacia allá.

Jordan se puso tenso mientras esperaba, dándole vueltas a todas las posibilidades e intentando escoger la más acertada.

–Hola… –dijo Ivy en tono apagado.

–Ivy, me ha llamado Olivia –empezó él–. Siente mucho lo que te ha dicho.

Se hizo un silencio. Luego, Ivy habló por fin:

–Prefería no hablar de esto por teléfono, Jordan. Hablaremos cuando llegues a casa. Gracias, Margaret.

Y colgó.

Pero, al menos, lo estaba esperando.

Jordan tardó en llegar a casa porque había mucho tráfico. Por el camino, intentó emplear varias técnicas de relajación para mantener los nervios a raya, pero ninguna le funcionó. En uno de los semáforos, se quitó la corbata y la chaqueta, se desabrochó el botón superior de la camisa y pensó en cómo hacer para desnudar a Ivy. A veces, los cuerpos expresaban más que las palabras. El sexo seguía siendo fantástico entre ellos. Eso no podría negárselo.

Pero el sexo no había servido para mantenerla a su lado en el pasado.

Intentó apartar aquel pensamiento negativo de

su mente. La convencería. Ya lo había hecho antes. Lo repetiría. Y con esa determinación, condujo el resto del camino.

Margaret lo interceptó mientras atravesaba la casa para ir a la parte de atrás. Le dio una bandeja con una botella de vino, dos copas y algo de picar.

—Tal vez esto ayude —le dijo.

—Gracias, Margaret —le contestó él, aceptando la bandeja—. ¿Ivy sigue ahí afuera?

—No ha entrado en la casa —le informó ella.

—Es por culpa de Olivia —le dijo Jordan.

Él lo había hecho lo mejor que había podido, había mantenido a Ivy fuera de su círculo, de las habladurías, de los celos, de las fiestas animadas por el alcohol, de esos locos autodestructivos que disfrutaban drogándose. No era justo que tuviese que pagar por lo que había hecho su hermana.

Se sintió furioso.

¿Acaso no le había enseñado a Ivy todas las cosas buenas que había en su mundo? Y podía seguir enseñándolas, si ella quería. No era justo que lo suyo terminase. Se lo haría entender. ¡Se lo haría sentir!

Ivy tenía la vista fijada en el puerto de Sidney, que se veía desde la pagoda, pero su mente no estaba asimilando las imágenes de los barcos ni el azul del mar. Esperar a Jordan fue como estar en suspenso. Sabía que no podría volver con él, pero no podía continuar viviendo hasta que no se lo hubiese dicho.

En cierto modo, era un alivio que Olivia le hubiese contado a su hermano lo que había ocurrido. Así no tendría que relatárselo ella. Que la chica estuviese arrepentida no importaba. De todos modos, lo mejor sería terminar con la relación.

Oyó pasos en el camino, pasos rápidos y decididos.

Tenía que ser Jordan.

Se puso tensa, sintiendo el poder de aquel hombre que se acercaba cada vez más. Lo vio entrar en la pagoda con una bandeja en las manos y con un aire despiadado que le hizo sentir un escalofrío. No iba a dejar que se marchase sin más. Jordan estaba decidido a luchar por lo que quería y, para ello, se aprovecharía de su vulnerabilidad.

Como ya había hecho anteriormente.

No obstante, en esa ocasión, no se saldría con la suya.

Su mente estaba convencida de ello a pesar de que su cuerpo tembló al tenerlo cerca.

—¿Una copa de vino? —le preguntó él, dejando la bandeja encima de la mesa y buscando sus ojos con la mirada.

—No, gracias. No voy a tardar en marcharme a casa, Jordan. Estaba pensando… que tal vez puedas contactar con las personas a las que les compraste las plazas en el crucero y devolvérselas. Yo no voy a ir y tú no querrás ir solo.

Él se apartó de la mesa, se sentó en el banco acolchado que había enfrente del de ella, se inclinó hacia delante, con los codos apoyados en las rodillas y le transmitió una paciencia que le estaba costando mucho mantener.

–¿Qué hay detrás de esa decisión, Ivy? –quiso saber.

–Que se nos ha acabado el tiempo –respondió ella sin más.

Él negó con la cabeza.

–No es verdad. ¿Qué te ha dicho Olivia para hacerte pensar eso?

–Me ha hecho ver lo que soy para ti.

–Olivia no tiene ni idea de lo que eres para mí. Solo ve las cosas a su manera.

–No. Tiene razón. Has sido un gran amante, Jordan, y te doy las gracias por todo el placer que me has hecho sentir. Me hubiese gustado ser para ti mucho más que una amante secreta, pero…

–¿Una qué?

A Ivy se le aceleró el corazón al ver que se ponía en pie, furioso. Nunca lo había visto enfadado y le dio miedo.

–Por favor… ¿podrías sentarte y escucharme? –le rogó enseguida, con temor a que empleasé la fuerza física para retenerla.

–No dices más que tonterías, Ivy.

–No, no es así.

Él volvió a sentarse al verla asustada, no quería que Ivy pensase que podía ser una amenaza para ella.

–Llevo tres horas dándole vueltas al tema, desde que me llamó Olivia –le explicó, como para excusar su comportamiento–. Todo habría sido más fácil si me hubieses llamado. En cualquier caso, estás equivocada, Ivy.

–Entonces, ¿por qué no me has presentado nunca a tu círculo de amigos? –le preguntó ella.

–Porque desde el principio me dijiste que no encajarías en él, y quería disfrutar de tu compañía, no quería que nada negativo te apartase de mí.

Ivy se sintió confundida al oír aquello. Había utilizado la excusa de que vivían en dos mundos diferentes para resistirse a la atracción que había entre ambos, pero él le había demostrado que podía encajar en el suyo. No obstante, Jordan no le había dado la oportunidad de ver cómo era su círculo. Se había conformado con tenerla en su cama, porque allí era donde quería tenerla. No había tenido intención de ver si podía ser su compañera en la vida.

–Así no es como funciona una relación de verdad –le dijo Ivy–. Me has estado distrayendo para que no me diese cuenta de ello, llevándome por ahí de viaje.

–¿Y no crees que nos hemos conocido mejor durante esos fines de semana juntos? ¿No piensas que hemos disfrutado estando juntos?

–Por supuesto que sí, he estado en las nubes todo el tiempo. Y seguiría estándolo si me fuese de crucero contigo también. Y habría estado tan encantada, que tú ni siquiera te habrías dado cuenta.

–¿Darme cuenta de qué?

–De que para ti ha sido solo una vía de escape. No una realidad. Y cuando dejase de merecerte la pena, te desharías de mí, como de las demás –sonrió débilmente–, pero sin rosas.

Él la miró fijamente, en silencio.

No respondió.

No lo negó.

Ivy recordó lo mucho que le importaba a Jordan la sinceridad y pensó que no iba a mentirle.

La esperanza de otro final murió en su corazón. Jordan no la amaba como ella a él.

Su tiempo juntos se había terminado y no tenía sentido seguir hablando, no tenía sentido seguir allí. Tuvo que hacer un gran esfuerzo para recoger su bolso y ponerse en pie. Tenía los ojos llenos de lágrimas cuando lo miró por última vez. Tuvo que obligarse a despedirse.

–Adiós. No vengas detrás de mí, Jordan. Se ha terminado.

Capítulo 14

NO!

Jordan se levantó de un salto. Necesitaba evitar que Ivy saliese de la pagoda. No podía dejarla marchar.

Se interpuso en su camino con las manos levantadas para que se detuviese. Y ella lo hizo, de hecho retrocedió un paso para poner distancia entre ambos y agarró el bolso, como utilizándolo de escudo protector. Le rogó con la mirada que la dejase pasar.

Eso confundió a Jordan todavía más. Le importaba aquella mujer, pero no quería hacerla sufrir, odiaba verla así. Deseó abrazarla y reconfortarla, limpiar sus lágrimas a besos, prestarle su hombro, acariciarle el pelo. No obstante, se contuvo porque su mente le dijo que sería un error. Ivy lo rechazaría, lo odiaría por no respetar su decisión.

Tenía que hacerla cambiar de opinión, pero ¿cómo? Todo lo que ella le había dicho era verdad. Todos los fines de semana con Ivy habían sido una válvula de escape de su vida normal. Habían sido especiales. Ella había hecho que lo fuesen. Por eso él no había querido que nada se interpusiese entre ambos.

Y había seguido esa misma estrategia con el tema

del crucero, porque había esperado que su relación se estropease en algún momento y se terminase. Esperar aquello era lo más normal.

–Solo quería que estuvieses feliz conmigo, Ivy –le explicó–. Feliz con dónde estábamos y con lo que hacíamos.

–Feliz de estar en tu cama –replicó ella, limpiándose las lágrimas de los ojos, respirando con dificultad–. Para ti es solo sexo, ¿verdad, Jordan? No buscas una compañera de vida. Y no me ves así. ¿Por qué no lo admites y me dejas pasar?

Una compañera de vida...

No, Jordan no había buscado eso, pero ¿por qué no intentarlo con una mujer como Ivy?

La idea fue creciendo en su mente. A Margaret le gustaba, y eso era un punto más. Además, una propuesta de matrimonio sería el modo más convincente de rebatir los motivos de Ivy para marcharse.

Demostraría que quería tener una relación real con ella. No iba a perderla esa tarde. De eso estaba seguro. Después, si la cosa no funcionaba, sabía que Ivy no era la clase de mujer que se aprovecharía de él. Además, en esos momentos no le importaba tener que pagar un precio por mantenerla a su lado.

Un compromiso público sería la transición para que Ivy compartiera su mundo de manera mucho más sencilla. Todo su círculo social querría ganársela, no ofenderla. Estaría protegida de los cotilleos, de los hombres que quisieran seducirla, y de las mujeres malas que tuviesen celos.

Y, sobre todo, un compromiso público le daría a él más tiempo.

–Te equivocas, Ivy –le aseguró, convencido de que era la decisión acertada–. Quería tenerte para mí solo porque lo que tenemos juntos es la cosa más importante de mi vida y quiero que siga siéndolo. No pretendía pedírtelo ahora, porque pienso que tenemos una relación maravillosa, a pesar de proceder de dos mundos diferentes.

–¿Pedirme el qué? –preguntó ella, confundida.

–Que te cases conmigo.

Ivy se quedó de piedra.

Él abrió los brazos para abrazarla.

–Quiero que seas mi esposa, Ivy. Que seas mi compañera de vida. Quiero compartirlo todo contigo, lo bueno y lo malo.

Dio un paso hacia ella, que seguía inmóvil, con los ojos muy abiertos.

–Quiero que tengamos un futuro juntos, que tengamos hijos –continuó, sorprendiéndose a sí mismo, pero sin importarle.

Necesitaba tener cerca a aquella mujer, la agarró de los brazos y la miró a los ojos.

–Ivy, eres la mujer que necesito –insistió–. ¿No te das cuenta? ¿No lo sientes?

Ella lo miró fijamente, había vulnerabilidad en sus ojos. Jordan se dio cuenta de que deseaba creerlo. No opuso resistencia cuando le quitó el bolso de las manos y lo dejó encima del banco, ni tampoco cuando la abrazó. Tomó su rostro con las manos y le dijo:

–No te pediré que abandones tu finca. No te pediré que hagas nada que no quieras hacer. Encontraremos el modo de hacer que lo nuestro funcione, encontraremos un equilibro en el que ambos nos encontremos cómodos. Hasta el momento, nos ha ido bien, ¿no?

Ella lo estaba escuchando, todavía con cautela, pero deseando que le estuviese diciendo la verdad.

Jordan tenía que hacer que pareciese verdad.

–Y si estás preparada y quieres conocer a la gente con la que me relaciono normalmente, podemos empezar este fin de semana –continuó–. No he estado ocultándote, Ivy. He estado esperando a que tú te sintieses segura a mi lado, segura de querer acompañarme adonde fuese necesario porque soy tu hombre. No un juguete. Tu hombre –repitió.

A ella se le volvieron a llenar los ojos de lágrimas, pero también había esperanza en ellos, esperanza y algo que hizo que a Jordan se le encogiese el corazón y desease abrazarla con fuerza para protegerla de todo.

Ivy levantó los brazos y lo agarró por el cuello. Le temblaron los labios. Jordan se relajó. Había ganado. Ivy quería que la besase y él lo hizo con pasión, decidido a hacerla sentir que era la única mujer de su vida. Y tal y como ella le devolvió el beso, él también lo sintió. Jordan deseó ir más allá, hacerla suya por completo.

Pero no. Era mejor no arriesgarse. Entonces, Ivy pensaría que solo la quería por el sexo. Antes tenían que hablar. Tenía que asegurarse de que Ivy tenía las cosas claras. Todavía no le había dicho que sí, aunque estaba claro que no iba a dejarlo en ese momento.

–Dime que sí, Ivy. Dime que quieres que tengamos un futuro juntos.

–Sí –le dijo ella, rindiéndose por fin.

Levantó la cabeza y le sonrió.

–Siento haberme equivocado, Jordan –añadió.

–No ha sido culpa tuya –le dijo él, acariciándole la comisura de la boca–. Ya le he dicho a Olivia lo que siento por ti. Lo que tenemos que hacer ahora es hacerlo público para que nadie se equivoque con respecto a nuestra relación.

–¿Hacerlo público? –preguntó ella, ruborizándose–. Jordan, ¿estás seguro? Tal vez debiéramos esperar un poco.

Él negó con la cabeza.

–Sí es sí, Ivy –le dijo–. Tenías planeado quedarte a dormir esta noche. Antes de que te marches a casa mañana, te compraré un anillo de compromiso. ¿Qué te gustaría? ¿Un diamante? ¿Una esmeralda, a juego con tus ojos? ¿Un rubí? ¿Un zafiro?

Ella se echó a reír, nerviosa.

–No lo he pensado, Jordan. Esto es tan… tan… distinto a lo que esperaba de ti.

–Podrás mirar el anillo y saber que es real. Además, el sábado anunciaré oficialmente en el *Morning Herald* nuestro compromiso para que todo el mundo lo sepa. Y haremos una fiesta. Le diré a mi madre que la organice.

Tenía la cabeza llena de planes. Lo haría todo tan deprisa, que a Ivy no le daría tiempo a hacerse preguntas.

–Tendrá que ser este sábado por la noche, porque el miércoles nos vamos de crucero.

Ella lo miró sorprendida.

–¿Qué es lo que tiene que ser este sábado por la noche?

–La fiesta de compromiso. Venga, Ivy... –dejó de abrazarla para tomarle la mano–. Vamos a casa a darle la noticia a Margaret. Le pediremos que nos prepare una cena de celebración. Llamaré a mi madre. Y tú, a la tuya.

Tomó su bolso y se lo dio. Entonces, vio la bandeja que había dejado encima de la mesa.

–Será mejor que nos la llevemos. Cambiaremos la botella de vino por una de champán.

Champán... Ivy se sentía como si ya se hubiese bebido una botella entera. Estaba aturdida, después de haber oído a Jordan hablar de casarse, tener hijos, de conocer a su familia y a sus amigos... todo inimaginable una hora antes. De repente, le había presentado una vida de ensueño que no podía ser real. Tal vez pudiesen hacer que fuese real. Él parecía convencido.

Había ido a su casa decidida a romper con él por no haberle presentado a sus amigos, y, en esos momentos, esa presentación le daba miedo. Jordan debía de ser el soltero más codiciado de Australia.

Intentó tranquilizarse diciéndose a sí misma que Jordan estaría a su lado. Él estaba acostumbrado a dominar cualquier situación. ¿Y acaso no era estar con el hombre al que amaba lo que más deseaba en el mundo? Nada más debía importarle.

Fue entonces cuando se dio cuenta que de Jordan no le había dicho que la amaba.

Aunque debía de hacerlo.

¿Cómo iba a pedirle que se casase con él si no?

Ella tampoco se lo había dicho.

En realidad, no era necesario decirlo con palabras.

Lo siguió hasta la cocina, donde él dejó la bandeja, sacó la botella de vino de la cubitera y se la dio a Margaret, que parecía aliviada al verlos juntos.

–Esta noche, necesitamos algo mejor, Margaret. Tienes que felicitarnos. Ivy acaba de acceder a casarme conmigo.

Margaret se quedó boquiabierta. Miró a Jordan un momento, y luego a Ivy, como preguntándose si había oído bien.

–¡Ah! –exclamó, aplaudiendo de repente, emocionada–. ¡Has elegido muy bien, Jordan! Eres la mejor, Ivy. La mejor.

–Me alegro de tener tu aprobación –contestó Jordan–. Tienes una hora para prepararnos una cena exquisita. Me llevaré la bandeja al salón, menos el vino. Sacaremos una botella de champán. Ivy y yo tenemos que hacer unas llamadas.

Margaret lo ignoró y se acercó a Ivy, le agarró las manos y se las apretó cariñosamente.

–Haré todo lo que pueda para que seas feliz aquí, querida.

–Gracias –respondió ella, también emocionada.

–Todo saldrá bien –le aseguró Margaret.

Las palabras de Margaret tranquilizaron un poco a Ivy, que siguió sintiéndose como si estuviese montada en una montaña rusa, sobre todo, después de escuchar la conversación de Jordan con su madre.

–Mamá, necesito que me hagas un favor. Acabo

de pedirle a Ivy Thornton que se case conmigo. Y me ha dicho que sí. Quiero que nos prepares una fiesta de compromiso para este sábado por la noche.

Los ojos le brillaron mientras escuchaba lo que le decía su madre.

–Mamá, tengo treinta y seis años y estoy en plena posesión de mis facultades mentales. No necesito que le des tu aprobación a mi futura esposa –dijo, sonriendo a Ivy–. Me encanta todo de ella, y a ti también te gustará, ya lo verás. Eso es todo lo que tienes que saber.

Ivy sonrió de oreja a oreja al oírle decir aquello. Iban a casarse y, siempre y cuando se amasen, podrían hacer que lo suyo funcionase.

–No, no quiero esperar. Mañana iremos a por el anillo y nos marchamos a Europa la semana que viene. Sé que te aviso con poca antelación, pero seguro que podrás organizarlo. Pídele a Olivia que te ayude con la lista de invitados. Me lo debe.

Hizo una mueca y volvió a escuchar a su madre.

–No, no nos reuniremos antes. No quiero que Olivia ni tú hagáis sentirse incómoda a Ivy. Iremos el sábado por la noche y espero que ambas seáis cariñosas con ella.

Ivy vio cómo trataba a su madre y se dio cuenta de que tenía que saber más cosas de su vida. Su instinto le decía que era el hombre adecuado para ella, pero necesitaba sentir que tenían una relación real para estar segura de que su matrimonio podía funcionar. No obstante, lo que más necesitaba en esos momentos era que se le pasase aquella sensación de estar soñando.

–Todo arreglado –dijo él con satisfacción después de colgar el teléfono–. ¿Quieres llamar a tu madre ahora? ¿Contarle la noticia e invitarla a la fiesta?

–Sí.

La reacción de Sacha la animaría. Buscó su teléfono móvil en el bolso, lo encendió, respiró hondo y llamó a su madre.

Sacha se mostró eufórica al oír la noticia y confirmó su asistencia a la fiesta de compromiso.

–Siempre he querido lo mejor para ti, cariño, y estoy segura de que, con Jordan, lo tendrás –terminó.

Ivy se quedó más relajada al oír aquello. Margaret también le había dicho que ella era la mejor para Jordan. Recordó que este también le había dicho en una ocasión que tal vez aquello fuese lo mejor que los dos podrían tener.

Solo tenía que creérselo.

Jordan tomó sus manos y la levantó del sofá.

–¿Estás contenta?

Ella lo abrazó por el cuello.

–Muy contenta –respondió.

Él le dio un beso en la frente.

–No más pensamientos negativos. Estamos bien juntos, Ivy, y todo el mundo va a darse cuenta. Se lo demostraremos.

–Sí –admitió Ivy. Era verdad. Estaban bien juntos.

Y todo su cuerpo le dio la razón cuando Jordan la apretó contra él y la besó fervorosamente. Ivy pensó que aquel era su hombre. Fuese lo que fuese lo que les deparase el futuro, jamás se arrepentiría de aquello.

Capítulo 15

EL primer choque con el mundo de Jordan tuvo lugar en la joyería. Ivy nunca había visto unas joyas tan bonitas. Estaba tan impresionada, que miró a Jordan con incredulidad cuando este le pidió que escogiese el anillo que más le gustase.

–Elígelo tú –le rogó ella, dándose cuenta de que Jordan pretendía comprarle un anillo que reflejase su poder adquisitivo y que la reconociese a ella como su prometida.

Sin dudarlo ni un instante, Jordan tomó un anillo con una esmeralda talla brillante, montada entre dos hileras de diamantes, la primera, tallados con la misma forma que la esmeralda y la segunda, en forma de lágrimas.

–Pruébate este –le dijo, poniéndoselo en el tercer dedo de la mano izquierda–. Te queda perfecto. ¿Te gusta?

–Es… increíble, Jordan.

¿Qué más podía decir?

–Buena elección –admitió el joyero–. ¿Quiere que le enseñe las piezas que lo acompañan? Son una diadema a juego y un collar y unos pendientes de esmeraldas –dijo sonriendo a Ivy–. Estoy seguro de que la señorita Thornton estará espectacular con ellos.

Ivy estaba sin habla, horrorizada con la idea.

–Sí, por favor –contestó Jordan, entusiasmado.

El joyero se marchó a por las joyas e Ivy aprovechó la oportunidad para protestar en privado.

–No me lo compres, Jordan. El anillo es suficiente. Más que suficiente.

Él le sonrió con satisfacción.

–Ivy, puedo permitirte comprarte joyas. Y luego iremos a buscar un vestido adecuado, para que te lo pongas todo en la fiesta de compromiso.

–¡No! Todo el mundo sabrá que lo has comprado tú. Pensarán... –lo mismo que pensaba su hermana, que Jordan la había vestido y enjoyado para que encajase en su mundo, que era su Cenicienta–. No lo quiero, Jordan. Me vestiré como yo quiera y si no te parezco bien como soy...

–¡Eh, eh! –la interrumpió él, frunciendo el ceño–. Solo quiero darte el placer de deslumbrar a todo el mundo esa noche.

Ivy lo fulminó con la mirada.

–No soy una mujer florero, ¿recuerdas?

Se miró el anillo que tenía en el dedo, empezando a sentirse incómoda también con él.

Jordan le agarró la mano para evitar que se lo quitase.

–Vas a ser mi esposa, Ivy. Este anillo forma parte de ese puesto. Quiero que lo tengas. ¿De acuerdo?

Se lo dijo con suavidad, pero también con firmeza. Ella suspiró para aliviar la tensión que tenía en el pecho y asintió.

–De acuerdo, me quedaré el anillo, pero no quiero que me compres nada más.

No iba a ceder en ese punto. Tenía demasiado fresco en la mente el encuentro con Olivia el día anterior.

Jordan le acarició la mejilla, que se le había sonrojado.

–Eres más que suficiente para mí y espero que no cambies nunca. Ponte lo que quieras el sábado, siempre y cuando también lleves este anillo, porque expresa lo que siento por ti y quiero que todo el mundo lo sepa.

–Siento ser tan quisquillosa –le dijo ella, rogándole con la mirada que la comprendiese–. Supongo que es demasiado para asimilarlo todo de golpe, pero te prometo que el día de la fiesta no te defraudaré. Sé ponerme presentable, ya lo sabes.

–No le des demasiada importancia al tema, Ivy. No la tiene –le aseguró él.

Pero la tenía. Iba a anunciarse su compromiso con Jordan y necesitaba sentir que no desentonaba a su lado. Después de comprar el anillo, fue a comprarse ropa también.

Quería encajar en su mundo. Por él. Tenía que aprender a hacerlo. Era importante mostrarse flexible. Él también lo había hecho por ella.

Eran casi las cuatro de la tarde, la hora a la que Heather se marchaba, cuando Ivy llegó a casa. Corrió al despacho con todas las bolsas, ya que sabía que su amiga querría verlo todo.

–¡Hola! ¡No te lo vas a creer! –le dijo esta nada más llegar–. Jordan ha encargado veinte docenas de rosas rojas, sin bombones, para que las mandemos a una dirección de Palm Beach el viernes por la tarde. ¿Qué piensas que quiere decir?

Ivy le sonrió.

–Supongo que son para decorar la casa de su madre para la fiesta de compromiso del sábado por la noche –le dijo, levantando la mano izquierda–. ¡Mira!

Heather gritó y saltó de la silla.

–¡Vaya! ¡Es el pedrusco más bonito que he visto en toda mi vida!

Ivy se echó a reír.

–Tienes razón.

–¡Te vas a casar con Jordan Powell! ¿Por qué no me has llamado para contármelo? ¡Es una noticia fantástica!

–Fantástica es la palabra –admitió Ivy–. Yo tampoco podía creérmelo al principio. No me lo esperaba. Ya sabes por qué, Heather.

–Todo eso forma parte del pasado –comentó su amiga–. Yo siempre he pensado que se sentía muy atraído por ti y esto lo demuestra. Vamos a la cocina a tomarnos algo para celebrarlo, y así podrás contármelo todo. ¿Se puso de rodillas para pedírtelo?

Ivy negó con la cabeza.

–No fue así.

No le importó contarle la verdad a Heather, que ya conocía toda la historia. Se sentaron a la mesa de la cocina e Ivy le explicó cómo se había sentido, y cómo Jordan le había dado la vuelta a todo.

–Deja que te guíe en su mundo, Ivy –le aconsejó su amiga–. Confía en él, que sabe que es lo que más te conviene. Creo que lo ha estado haciendo desde el principio, porque te quiere y no desea perderte. No lo olvides y no dejes que nadie te meta otras ideas en la cabeza. Ni su madre, ni su hermana, ni nadie.

—Tienes razón —admitió ella, confiada en que podía hacerlo, podía ser la compañera de vida de Jordan.

—Ahora, dime si Graham y yo vamos a estar invitados a esa fiesta de compromiso —añadió Heather.

—¡Pues supuesto! Y el resto de amigos, también.

—¡Estupendo! Podemos alquilar un minibús para esa noche e ir todos juntos.

Ivy tenía que hacer llamadas y planear muchas cosas, pero con el apoyo de sus amigos, la fiesta de compromiso le resultaba mucho menos intimidante. Con respecto al resto, tendría a Jordan a su lado para ayudarla.

¡Sería la noche más maravillosa de su vida!

Jordan le dejó claro a todo el mundo que no quería que Ivy sufriese ningún incidente desagradable durante la fiesta. Las rosas fueron un buen tema de conversación. No solo identificaban a Ivy como a una mujer de negocios inteligente, sino que a todo el mundo le divertiría saber que ella lo había rechazado al principio precisamente por las rosas. Las risas siempre ayudaban a romper el hielo y todo el mundo miraría a Ivy con el respeto que se merecía.

El miércoles, después de trabajar, Jordan decidió ir a Palm Beach, a casa de su madre, a ver cómo iban los preparativos. Tenían que hacer muchas cosas en tres días, pero querer era poder, sobre todo, no teniendo problemas de dinero. A Jordan no le importaba cuánto iba a costar todo. Tenía que salir bien, por Ivy.

–Estoy agotada –se quejó su madre en cuanto lo vio entrar en el salón–. Llevo todo el día al teléfono, dando la noticia, rogándole a mi empresa de catering favorita que venga...

–Y seguro que ha aceptado –comentó Jordan. Nadie le decía que no a Nonie Powell.

Su madre dejó la copa de jerez y levantó las manos con exasperación.

–¿Por qué tanta prisa? ¿No estará embarazada?

–No, pero no quería que Ivy tuviese dudas –le dijo él, mirando a su hermana, que se estaba tomándose un whisky con hielo–. Antes de que te atonte el alcohol, me gustaría saber que tengo tu apoyo, Olivia.

–Me merezco una copa –replicó esta, levantando la barbilla beligerantemente–. Llevo todo el día hablando por teléfono, por ti.

–Gracias. Espero que no haya sido demasiado duro –le dijo él, seguro de que le había encantado propagar el cotilleo–. Lo que quiero es que le escribas una carta a Ivy, disculpándote por tu comportamiento de ayer y expresando tu deseo de que podáis ser amigas en el futuro. Si la echamos hoy mismo, la recibirá antes del fin de semana y el sábado se sentirá más cómoda cuando te vea.

Oliva resopló, hizo una mueca, y lo miró confundido.

–Sinceramente, pensé que se quería aprovechar

de ti, Jordan. ¿Cómo iba a saber que os queríais?
Nunca has salido en serio con ninguna mujer. Al
menos, desde que Biancha Barlow te engañó.

Ivy no tenía nada que ver con Biancha.

–Ivy no quiere mi dinero –le dijo él con toda seguridad–. Hace tiempo que lo sé. Esta mañana, he
querido comprarle unas joyas a juego con el anillo
de compromiso y se ha negado. Y creo que es por
tu culpa, Olivia. Necesito que lo arregles. Quiero
que sea feliz con lo que puedo darle, que no se sien-
ta tachada de cazafortunas.

Olivia frunció el ceño.

–¿Qué joyas ha rechazado?

–Un collar y unos pendientes de esmeraldas y
diamantes, a juego con el anillo.

–¡Vaya!

–Quería comprárselas, Olivia. Si tú no hubieses
interferido…

–Sí, sí. Ya te entiendo –dejó el vaso y se puso de
pie con aire decidido–. Iré al despacho y escribiré
esa carta ahora. Y Jordan… me alegro por ti. De
verdad. Al menos uno de los dos podrá ser feliz en
su matrimonio.

Él le devolvió la sonrisa.

–Gracias.

Era la primera vez que se sentía unido a su hermana. Tal vez, si Olivia hacía el esfuerzo de hacerse amiga de Ivy, su relación mejorase en el futuro.

Era extraño cómo, de repente, toda su vida parecía girar en torno a Ivy. No había pensado en casarse con ella hasta que no se había dado cuenta de
que iba a perderla, pero cada vez tenía más claro

que era lo correcto. Tanto, que estaba decidido a
evitar que nada impidiese aquella boda.

–Solo han pasado tres meses desde la exposición
de Sacha Thornton –comentó su madre, mirándolo
con escepticismo–. Te estás precipitando, Jordan.

Él la retó con la mirada.

–Tengo entendido que papá te pidió que te casa-
ses con él tres semanas después de conocerte.

–Eran tiempos distintos.

–Pero la gente sigue teniendo los mismos sentimientos que entonces, mamá.

–¿Estás segura de que es la mujer adecuada para
ti?

–Sí –contestó él, decidido a no plantearse ninguna duda por el momento.

–Vuestros orígenes son diferentes.

–No importa.

–Importará en el futuro.

–No, si no lo permitimos.

Su madre suspiró.

–Bueno, veo que estás convencido, pero, ¿de
verdad piensas que le serás fiel a largo plazo?

–Sí –respondió él sin dudarlo–. Ya he salido con
muchas mujeres mamá, sé que Ivy es la mejor.

–Supongo que sí. Yo me casé virgen con tu padre y nunca me sentí cómoda con él en la cama. Por
eso fue un alivio que empezase a tener amantes. Yo
sabía que nunca me dejaría, pero… no fue el matrimonio más feliz del mundo. Jordan, espero que el
tuyo con Ivy sea mejor.

Jordan se sintió emocionado con aquella confe-
sión.

–Lo siento por ti, mamá. Y por papá. ¿Crees que fue lo correcto, seguir juntos todos esos años?

–Tuve una vida maravillosa al lado de tu padre – respondió Nonie con orgullo–. No la cambiaría por nada. Además, teníamos una familia. Y tu padre jamás la habría abandonado.

Él tampoco lo haría… si tenía hijos con Ivy. Tenía que conseguir que su matrimonio funcionase. A todos los niveles. El sexo no era un problema. Y estaba seguro de que jamás lo sería. Si encontraban el equilibrio adecuado en sus vidas…

–Esta fiesta es muy importante para mí, mamá – le confesó, pidiéndole comprensión además de ayuda–. Quiero que Ivy piense que puede tener una vida maravillosa a mi lado. Por favor… ¿puedes pedirle a tus amigos que sean agradables con ella? Olivia ha hecho gran mella en su confianza. Si tú le das tu aprobación…

–Jordan, no conozco a la chica, casi ni la he visto.

–Te estoy pidiendo que lo hagas porque es importante para mí.

–¿Y si luego te defrauda?

–Hazlo por mí.

Ella lo miró fijamente.

–Yo nunca te defraudaré, mamá –le dijo en voz baja–. Me pidas lo que me pidas…

–Está bien. Lo haré. Solo espero que esté a la altura, Jordan.

Él sonrió.

Todo estaba preparado. Solo faltaba que Ivy fuese a la fiesta.

Capítulo 16

EL compromiso de Jordan Powell con una cultivadora de rosas apareció en la primera página de todos los periódicos del sábado. Jordan ya se lo había advertido a Ivy, que estaba sana y salva en su casa de Balmoral, donde esperaba escapar de la atención de los paparazis.

Heather y Graham declararon que era una jefa estupenda. También pidieron su opinión a Sacha, que solo comentó que su maravillosa hija se merecía un hombre maravilloso también, y que esperaba que ambos fuesen felices.

Después de que Jordan le preguntase por enésima vez cómo estaba, Ivy le rogó:

—Por favor, dime que esto será solo hoy.

—Te lo prometo. De verdad. Además, la semana que viene estaremos en Europa.

Ella suspiró.

—Qué alivio.

—Esta noche habrá un periodista y un fotógrafo en la fiesta, pero yo estaré a tu lado y todo irá bien. Siempre hablan bien de mi madre, ¿de acuerdo?

—Aprenderé a comportarme, Jordan.

—No te preocupes, Ivy. El truco está en no permitir que te afecte. Viviremos nuestras vidas ajenos a lo que la gente publique o diga.

Ella sonrió y le tocó la cara.

–Tengo que aprender a ponerme una armadura, como tú.

Un rato después, mientras se vestía, miró los cuadros del dormitorio de Jordan. Ivy había decidido vestirse de negro. Nadie criticaría un elegante vestido negro que le sentaba muy bien. Y no se pondría tacones que le hiciesen daño esa noche. Quería estar cómoda, en todos los aspectos.

El cuello del vestido hacía que no necesitase collar y los pendientes largos que se había comprado para la ocasión le sentaban bien. Los de esmeraldas que Jordan había querido regalarle habrían resultado espectaculares, pero el anillo también lo era por sí solo.

Se miró en el espejo por última vez, segura de que iba bien armada para representar el papel de prometida de Jordan Powell. De hecho, nunca se había visto tan guapa.

Tomó el bolso de fiesta, en el que llevaba lo necesario para retocarse el maquillaje, y bajó para que la viese Margaret. El corazón se le aceleró al verla con Jordan, esperándola al pie de las escaleras.

Ambos la estaban mirando. Ivy puso los hombros rectos y bajó con todo el aplomo posible, decidida a comportarse como si hubiese nacido para estar al lado de Jordan. Margaret aplaudió y sonrió de oreja a oreja.

–¿Qué tal? –preguntó Ivy.

–¡Perfecta! –exclamó Margaret.

–¡Perfecta! –repitió Jordan, mirándola con deseo.

Ella también lo deseaba. Y de aquello se trataba… de seguir queriéndose durante el resto de sus vidas. Mantuvo aquello en mente mientras iba de camino a Palm Beach, con la mano entrelazada con la de Jordan. Ivy empezó a sentirse segura de que nada podría separarlos.

No había estado nunca en casa de su madre. La casa de Jordan era grande e impresionante, pero no tenía nada que ver con la mansión de Palm Beach, con sus tres pisos, sus columnas y balcones. Ivy se dio cuenta de que estaba entrando en un mundo distinto al suyo, pero se dijo que tenía a Jordan de guía. Y de compañero. No tenía por qué ponerse nerviosa.

Pasaron la verja de entrada, que estaba flanqueada por guardias de seguridad que se aseguraban de que solo entrasen personas que hubiesen sido invitadas a la fiesta. Jordan había planeado que llegasen los últimos, para ir saludando luego a sus invitados de manera informal.

Un mayordomo los recibió en la puerta principal y entraron en un gran recibidor en el que había un impresionante centro de rosas rojas sobre un pedestal. Eso hizo sonreír a Ivy y mirar a Jordan emocionada. El mayordomo los condujo hasta un fabuloso salón adornado con lámparas de cristal, paredes cubiertas de espejos, elegantes sofás, sillones y bonitas mesas que rodeaban la pista de baile. Al fondo, unas puertas dobles daban a la terraza.

En uno de los rincones había una banda de música. La mayoría de los invitados más jóvenes estaban bailando. Entre ellos, Ivy vio a Heather y a Graham. El resto de la gente estaba sentada o de pie, charlando, y comiendo y bebiendo de las bandejas que llevaban los camareros que circulaban por el salón.

Nonie Powell se levantó de una chaise longue y se acercó a ellos para recibirlos, con un vestido azul de satén que le daba un aspecto todavía más majestuoso. Sacha se separó del grupo en el que estaba y la siguió. Iba vestida con un traje pantalón en tonos vistosos y adornada con numerosos collares y pulseras que hacían ruido al andar.

El contraste entre ambas mujeres era enorme.

Sus orígenes eran completamente distintos e Ivy esperó que aquello no resultase nunca un problema. Las dos los felicitaron y les dieron besos. La madre de Jordan hizo que se acercasen a sus amigas, para presentarles a Ivy. Todas fueron muy agradables con ella, les divertía que por fin hubiesen cazado a Jordan, y comentaron que Ivy debía de tener admirables cualidades para haberlo conseguido. Todas quisieron saber cuáles eran sus planes de futuro. La conversación fue fácil de seguir, divertida, e Ivy empezó a relajarse y a disfrutar.

Después de que posasen para el fotógrafo oficial, Olivia se los llevó, asegurando que sus amigas querían saludar a los novios. Ivy aprovechó la oportunidad para darle las gracias por la carta, y le dijo que esperaba que pudiesen ser buenas amigas en el futuro.

El champán corría a raudales y todas las presentaciones se hicieron con mucho humor. Jordan empleó su encanto para contar cómo había sido el comienzo de su relación. Las mujeres admiraron el anillo de compromiso. Los hombres admiraron a Ivy como mujer. Ivy sintió que la estudiaban de pies a cabeza tanto los hombres como las mujeres, pero no le incomodó.

—Hacéis muy buena pareja —le dijo Heather en voz baja cuando pasaron por su lado–. Los estás dejando boquiabiertos, Ivy. No te preocupes por nada.

Lo único que le preocupaba era recordar los nombres de tantas personas. En general, ella se encontró cómoda, aunque se sintió aliviada cuando Jordan se disculpó con las personas con las que estaban charlando para bailar con ella.

—¿Contenta? —le preguntó en un murmullo, dándole un beso en el pelo.

—Muy contenta —respondió Ivy sonriendo.

Él le devolvió la sonrisa. Esa noche, harían el amor de manera muy especial. Ivy deseó poder marcharse en ese momento, pero…

—Perdone, señor Powell, pero tengo un mensaje para la señorita Thornton —los interrumpió el mayordomo.

—¿Hay algún problema, Lloyd? —le preguntó Jordan, extrañado.

—La señora Powell me envía para decirle a la señorita Thornton que su padre ha llegado.

—¿Mi padre? —repitió ella sorprendida–. Debe de haber un error. Mi padre falleció hace dos años.

—No tenía ni idea —le dijo el mayordomo–. El hombre no estaba en la lista de invitados, pero nos ha explicado que acaba de volver de viaje y que no podía perderse una ocasión tan especial para su hija. Se ha identificado y nos ha parecido razonable...

—Es un impostor —insistió Ivy.

—Enseguida lo solucionaremos —le aseguró Jordan—. Gracias, Lloyd. No es culpa tuya, no conocías la situación, aunque mi madre sí debería haberse dado cuenta. Ella lo sabe.

Sacó a Ivy de la pista de baile.

—Vamos a buscar a Sacha primero —le dijo—. Iremos a ver a ese tipo con ella.

—Sí —dijo Ivy, con un nudo en el estómago. Quería tener a su madre cerca para que la respaldase.

La encontraron en el balcón con un grupo de amigos. Ivy la llamó y le explicó lo que ocurría:

—Ha venido un hombre diciendo que es mi padre, ha debido de presentar una identificación falsa, necesito que...

Sacha se quedó inmóvil, palideció.

—¡No! ¡No!

Ivy la agarró por la muñeca, pensando que se iba a desmayar.

—Lo siento, mamá. Para mí también ha sido una sorpresa. Ese hombre está con la madre de Jordan, vamos a hablar con él, Sacha.

—¡Cómo se ha atrevido! —exclamó esta—. ¡Después de tantos años! ¡Maldito traidor!

—¿Quién? —preguntó Ivy, sintiendo miedo al oír hablar así a su madre.

Sacha se giró hacia Jordan.

—Tenemos que deshacernos de él. Por el bien de

Ivy. Ordena a tus guardias de seguridad que lo echen.

–¿Pero quién es? –le preguntó Ivy, que no entendía nada.

–¡El hermano de tu padre! ¡Dick Thornton! –dijo esta con odio–. No lo he visto desde antes de que nacieras, Ivy, pero es un hombre despiadado, sin conciencia. Seguro que pretende sacar algo de tu relación con Jordan.

¡Su tío! Era la primera vez que Ivy oía hablar de él.

–Vamos –dijo Jordan decidido, agarrando a Ivy por la cintura, echando a andar detrás de Sacha.

El hombre estaba al lado de Nanie Powell, cerca de la entrada del salón, y tuvo la audacia de sonreír al verlos llegar. Tenía buena planta, vestido con un traje negro. Tenía el pelo cano, pero aún le quedaban algunos mechones rojizos. Y su nariz era muy parecida a la del padre de Ivy, lo mismo que las cejas.

–Bueno, bueno –dijo cuando llegaron a su lado–. No sabía que tuviese una hija tan guapa.

–¡No es tuya! ¡Nunca ha sido tuya! –declaró Sacha enfadada.

–Sigues tan exótica como siempre, Sacha –le dijo él–. Ahora recuerdo por qué no podía resistirme a ti.

–No creas que vas a salirte con la tuya esta vez –le replicó ella–. Robert ya no está, así que ya no tengo que pensar en que no sufra.

–El pobre Robert, que se quedó estéril después de estar en Vietnam –dijo el hombre en tono burlón–. Seguro que tuviste que confesarle que la hija era mía. Y ambos sabemos que una prueba de ADN lo demostraría, así que vamos al grano. A mi afortunada hija le ha tocado la lotería y yo he venido a buscar mi parte, si no queréis un escándalo –miró a Jordan y sonrió–. Supongo que una familia tan rica y poderosa, no querrá eso.

–¿Jordan? –le dijo su madre con desaprobación–. Ya te dije que procedíais de dos mundos distintos.

–Todos tenemos secretos en el armario, ¿no, mamá? –le respondió él–. Vamos a la biblioteca para hablar más tranquilamente.

–Sí –dijo ella–. ¿Me acompaña, señor Thornton?

–Encantado, señora Powell.

Y los cinco se marcharon del salón con Nonie Powell a la cabeza.

Ivy fue dándole vueltas a todo lo que acababa de oír. ¿Era aquel hombre su padre biológico? Parecía muy seguro de su mismo. Su madre había dicho que era un traidor.

A Ivy se le encogió el corazón. Si era la hija biológica de un chantajista, ¿seguiría Jordan queriendo casarse con ella?

Capítulo 17

ENTRARON en la biblioteca, otra habitación enorme, con las paredes cubiertas de libros. Jordan acompañó a Ivy hasta un sillón e hizo que se sentase.

–No te preocupes. Yo me ocuparé de esto.

–No sabía nada de este hombre –le dijo ella angustiada.

–Tenemos que saber toda la verdad, Ivy –le dijo él.

Luego, hizo que los demás se acomodasen y él se sentó detrás del escritorio. Miró fijamente a la madre de Ivy.

–Sacha, Ivy cree que su padre está muerto –empezó–. ¿Es eso cierto?

–Robert era su padre –insistió ella muy seria–. Ivy no habría podido tener un padre mejor. Desde que nació, siempre la quiso y la cuidó –miró a su hija–. Sabes que es verdad.

–Sí –admitió ella.

–¿Era su padre biológico? –inquirió Jordan.

Sacha respiró hondo y volvió a fulminar con la mirada a Dick Thornton.

–No. Este cerdo me violó y me dejó embarazada, y cuando Robert se enteró, insistió en casarse conmigo y en criar él a la niña como si fuese suya.

–¡Eh, eh, eh! –protestó Dick Thornton–. Por entonces no decías que había sido una violación.

–Ya sabes por qué no llamé a la policía. Porque no podíamos permitirnos el lujo de irnos a vivir a otra parte. Y no podía arriesgarme a que nos detuviesen a todos.

–¿Por qué os iban a detener? –preguntó Jordan.

–Porque eran okupas. Una pandilla de hippies que vivían en una mansión deshabitada –le contó Dick Thornton.

–No le hacíamos daño a nadie –se defendió Sacha.

–Okupas –repitió Nonie Powell horrorizada.

Sacha la miró.

–Casi todos éramos estudiantes sin dinero y nuestras familias no nos podían ayudar. En la actualidad, uno de ellos es un conocido médico. Otro, un importante abogado. Y otro se convirtió en director de cine. Si quieres, puedo darte sus nombres, para que lo compruebes.

Luego, miró a Ivy con preocupación.

–Robert estaba perdido cuando volvió de Vietnam. Nadie quería saber todo lo que habían sufrido allí los soldados. Se refugió con nosotros en la casa, se ocupaba del jardín y de la huerta. Quería crear vida, no destruirla, y fuimos felices allí…

Los ojos se le llenaron de lágrimas. Se las limpió para fulminar a Dick Thornton con la mirada.

–Hasta que su hermano llegó, rogándole a Robert que renunciase a su parte de la herencia, diciéndole que él no la necesitaba porque se había quedado estéril y no tendría futuro.

–Si tú hubieses mantenido la boca cerrada, Sacha, Robert me lo habría dado todo y yo os habría dejado tranquilos con vuestras rosas –se burló Dick.

–Así que la violaste por interferir –intervino Jordan en voz baja.

–Me gustó mucho –admitió Dick Thornton sin darse cuenta–. Sería su palabra contra la mía delante de un juez. Además, todo eso forma pasado. Ahora lo que importa es que te quieres casar con mi preciosa hija y que yo quiero parte de su fortuna.

–Jordan, no puedes ceder al chantaje –le advirtió Nonie Powell–. No puedes casarte con Ivy.

–¡Ivy es inocente! –exclamó Sacha–. ¿Acaso puedes decir lo mismo de tu hija, Nonie?

Esta apretó los labios y miró a Ivy como reprochándole que le hubiese contado aquello a su madre. Lo que no era cierto. Ivy no le había contado a nadie que Ashton quería chantajear a Olivia.

Jordan también la miró.

Ella negó con la cabeza, pero que él dudase le dio rabia. Ninguna relación podía funcionar sin confianza. E Ivy no estaba segura de que la suya pudiese sobrevivir a aquella noche.

Jordan se sentó en silencio, reflexionando acerca de lo que había oído hasta entonces. Había descartado instintivamente la solución de su madre: no casarse, pero pensó que, si solo quería mantener a Ivy en su vida porque la deseaba, ¿para qué molestarse con todo aquello?

La miró.

Ella negó con la cabeza, como si ya diese por hecho que no tendrían un futuro juntos, había desesperación en su mirada, tenía el rostro desencajado.

A Jordan se le encogió el corazón y, en ese instante, supo que aquella mujer era lo más importante de su vida. No tenía ninguna duda. Nada la apartaría de él. Nada.

Miró a su madre.

—En nuestra familia, también hemos tenido trapos sucios, mamá. No creo que debamos juzgar a nadie. No creo que Sacha haya hecho nada malo. Ni tampoco Ivy. Creo que debemos respetarlas y admirarlas por su comportamiento, no criticarlas.

Nonie frunció el ceño.

—¿Cuánto cree que vale su silencio? —le preguntó Jordan a Dick Thornton en tono frío.

—Ah, no voy a ser demasiado codicioso —contestó él—. Dado que es usted multimillonario, creo que cinco millones de dólares es una cifra relativamente modesta.

—Quiere cinco millones de dólares a cambio de no hacer pública toda la información que tiene, ¿no? —le dijo Jordan.

—Eso es —respondió Thornton, sonriendo de oreja a oreja.

—¡No! —exclamó Ivy, poniéndose en pie de un salto—. No puedes hacerlo, Jordan. Esto solo será el principio —se quitó el anillo de compromiso y fue hacia el escritorio detrás del cual estaba sentado su prometido—. Sus palabras no tendrán valor si no me caso contigo. Siempre he sabido que era solo… una fantasía.

Tenía los ojos llenos de lágrimas.

–Eso no es verdad –le respondió Jordan con firmeza, tomando el anillo y levantándose–. Siempre ha sido lo mejor, Ivy. Y no voy a defraudarte ahora.

Jordan le agarró las manos y volvió a ponerle el anillo.

–Vamos a pasar juntos el resto de nuestras vidas.

–¡Bravo! –exclamó Dick Thornton aplaudiendo.

–Sí, bravo –respondió Jordan–. No podría haberse incriminado mejor, señor Thornton. Mi padre solía celebrar reuniones aquí, así que colocó un mecanismo de grabación en este escritorio. Lo he encendido al sentarme. Si acude a la prensa, le daré la cinta a la policía y lo acusaré de haber cometido un acto criminal.

–Aun así, la historia saldrá a la luz.

–Nadie se la creerá y usted, señor, irá a la cárcel.

–¡Bravo! –dijo Sacha en esa ocasión, aplaudiendo aliviada.

–Llama a seguridad, mamá. Será mejor que nuestro inesperado visitante salga de casa con la máxima discreción.

Nonie se levantó y salió de la biblioteca. Unos minutos después, volvía con dos guardias de seguridad.

–Está bien, no soltéis a los perros –dijo Dick Thornton abatido–. No volveré a molestaros.

–Estará usted vigilado hasta que se marche de la ciudad –le advirtió Jordan. Luego, miró a los dos guardias–. Llévense a este hombre adonde esté alojado y no lo pierdan de vista hasta que yo los avise.

–Ya te he dicho que no volveré a molestaros –protestó Thornton.

–Claro que no. Me aseguraré de ello –le prometió Jordan–. Ahora, le recomiendo que salga de aquí en silencio.

–¡Ya me marcho! ¡Ya me marcho!

Y se marchó, escoltado por los dos guardias de seguridad.

En cuanto la puerta se cerró tras de ellos, Jordan se giró hacia su madre.

–Mamá, Sacha y tú debéis volver a la fiesta ahora, preferiblemente, agarradas del brazo, presentando un frente unido. Si alguien te pregunta, dices que era un hombre que nos quería estropear la fiesta. Y es la verdad. El padre de Ivy era Robert Thornton.

–Sí, sí –dijo Sacha–. Siento que haya ocurrido esto, Nonie, pero el pasado es el pasado y yo hace muchos años que me olvidé de él. Jamás imaginé que…

–Miraremos al presente –la interrumpió Nonie–. Debemos hacer lo que ha dicho Jordan para que nadie hable del tema.

–Sí, sí, por supuesto –contestó Sacha. Luego, miró a Ivy–. Robert y yo… nunca quisimos que supieses cómo habías sido engendrada. Siento que te hayas tenido que enterar así. Aunque, en realidad, no importa, Ivy. Siempre te hemos querido. Y mucho.

Ivy asintió. No podía hablar. Volvía a tener los ojos llenos de lágrimas.

Las dos madres salieron de la biblioteca y Jordan hizo que lo mirase.

–Y yo también te quiero, todavía más –le dijo, acariciándole las mejillas húmedas–. Te quiero, Ivy, y jamás te defraudaré.

Ella lo creyó. Podía confiar en él, pasase lo que pasase.

Su relación no era un error.

No era una fantasía.

–Yo también te quiero –le dijo con voz ronca–. Gracias por… por estar a mi lado. Yo siempre estaré al tuyo en el futuro. Te lo prometo, Jordan.

Él sonrió.

–No vuelvas a dejarme para evitarme problemas.

–No. Nada me apartará de ti.

–¡Bien!

Ivy recordó algo que todavía le rondaba por la mente.

–Yo no le conté a Sacha nada acerca del problema de Olivia. Por favor, créeme, Jordan. Jamás hablaría de algo tan privado y doloroso. Creo que tu madre ha pensado que lo he hecho, y me ha parecido que tú dudabas también.

–No. Estaba pensando en lo equivocada que estaba mi madre contigo, y en la suerte que he tenido de encontrarte.

–Ah –exclamó ella aliviada.

–Y no te preocupes por nuestras madres, seguro que superan sus diferencias. Pensarán en el futuro y querrán formar parte de nuestras vidas cuando les demos nietos.

Ella se echó a reír.

–¿Cuántos hijos te gustaría tener?

–Los que tú quieras, amor mío –le contestó él sonriendo–. Estoy seguro de que será un placer hacerlos contigo.

En esos momentos, a Ivy le dieron igual las rosas. Criar hijos junto a Jordan sería mucho más importante.

–Ahora, vamos a bailar –le dijo él–. Vamos a demostrarle al mundo entero que somos uno. Porque lo somos, Ivy. Tú eres mi mujer y yo, tu hombre, y vamos a celebrarlo delante de todo el mundo. No vamos a permitir que nadie nos estropee la fiesta.

–No –admitió ella–, pero, antes, bésame, Jordan.

Y él la besó.

Si alguien los observó mientras llegaban a la pista de baile, Ivy no se dio cuenta. Solo podía ver al hombre que tenía a su lado, a su amor, cuyo mundo era el de ella y a la inversa. Se pertenecían el uno al otro. Y nada conseguiría separarlos jamás.

Bianca

Puesto que esperaba que su matrimonio fracasara, ¿podía apoderarse del precioso regalo de su virginidad?

Lo último que deseaba Gaetano Leonetti era encadenarse a alguien mediante el matrimonio, pero, para convertirse en consejero delegado del banco de su familia, su abuelo le exigía que buscara a una chica «corriente» para casarse. Decidió demostrarle lo equivocado que estaba eligiendo a Poppy Arnold, el ama de llaves. Sin pelos en la lengua y con una forma de vestirse poco habitual, era evidente que no sería una esposa adecuada para él.

Pero Poppy enseguida se metió al abuelo en el bolsillo, por lo que Gaetano se vio atrapado en una unión que no quería con una prometida a la que deseaba apa-sionadamente.

EL REGALO DE SU INOCENCIA
LYNNE GRAHAM

Acepte 2 de nuestras mejores novelas de amor GRATIS

¡Y reciba un regalo sorpresa!

Oferta especial de tiempo limitado

Rellene el cupón y envíelo a
Harlequin Reader Service®
3010 Walden Ave.
P.O. Box 1867
Buffalo, N.Y. 14240-1867

¡Sí! Por favor, envíenme 2 novelas de amor de Harlequin (1 Bianca® y 1 Deseo®) gratis, más el regalo sorpresa. Luego remítanme 4 novelas nuevas todos los meses, las cuales recibiré mucho antes de que aparezcan en librerías, y factúrenme al bajo precio de $3,24 cada una, más $0,25 por envío e impuesto de ventas, si corresponde*. Este es el precio total, y es un ahorro de casi el 20% sobre el precio de portada. ¡Una oferta excelente! Entiendo que el hecho de aceptar estos libros y el regalo no me obliga en forma alguna a la compra de libros adicionales. Y también que puedo devolver cualquier envío y cancelar en cualquier momento. Aún si decido no comprar ningún otro libro de Harlequin, los 2 libros gratis y el regalo sorpresa son míos para siempre.

416 LBN DU7N

Nombre y apellido	(Por favor, letra de molde)
Dirección	Apartamento No.
Ciudad	Estado	Zona postal

Esta oferta se limita a un pedido por hogar y no está disponible para los subscriptores actuales de Deseo® y Bianca®.
*Los términos y precios quedan sujetos a cambios sin aviso previo.
Impuestos de ventas aplican en N.Y.

SPN-03   ©2003 Harlequin Enterprises Limited

Deseo

EVAN

Negocios de placer

CHARLENE SANDS

El millonario empresario hotelero Evan Tyler no se detendría ante nada hasta conseguir vengarse. Por eso, cuando surgió la oportunidad de seducir a Elena Royal, hija de su principal rival, Evan no se lo pensó dos veces. No solo tenía intención de sonsacarle todos los secretos de su familia mediante la seducción, sino que pretendía disfrutar al máximo cada segundo que pasara con ella. Pero cuando la aventura llegó a su fin, Evan se vio obligado a elegir entre la venganza y el placer. ¿Encontraría el modo de conseguir ambas cosas?

¿Qué era más grande, su sed de venganza o el deseo que sentía por ella?

Bianca

¿Solo un peón en la partida de Salazar?

Donato Salazar no podía olvidar su trágico pasado y no tenía intención de perdonar al responsable. Dejar plantada a la hija de su enemigo sería la guinda del pastel de su venganza, y la bella Elsa Anderson era sin duda lo bastante dulce.

Pero Elsa no era la mujer mundana y vacía que esperaba, y se negaba a casarse con él. Su rebeldía provocó que la deseara todavía más, así que tendría que convencerla... lenta y dulcemente.

A medida que se acercaba la fecha de la boda, una cuestión pesaba con fuerza en la mente de Donato: Amar, honrar... ¿y traicionar?

UN PASADO OSCURO
ANNIE WEST